U0458806

急欲轻生的
鲸群

〔日〕安部公房 著

郑民钦 译

人民文学出版社

PEOPLE'S LITERATURE PUBLISHING HOUSE

版权合同登记号　图字 01-2024-6323

图书在版编目(CIP)数据

急欲轻生的鲸群/(日)安部公房著;郑民钦译. —北京:
人民文学出版社,2017(2025.3 重印)
(安部公房作品系列)
ISBN 978-7-02-013157-0

Ⅰ.①急…　Ⅱ.①安…②郑…　Ⅲ.①随笔-作品集-日
本-现代　Ⅳ.①I313.65

中国版本图书馆 CIP 数据核字(2017)第 192070 号

责任编辑　卜艳冰　杜玉花　欧雪勤
装帧设计　汪佳诗

出版发行　人民文学出版社
社　　址　北京市朝内大街 166 号
邮政编码　100705

印　　制　凸版艺彩(东莞)印刷有限公司
经　　销　全国新华书店等

字　　数　108 千字
开　　本　890 毫米×1240 毫米　1/32
印　　张　6.875
版　　次　2018 年 9 月北京第 1 版
印　　次　2025 年 3 月第 2 次印刷

书　　号　978-7-02-013157-0
定　　价　69.00 元

如有印装质量问题,请与本社图书销售中心调换。电话:010 - 65233595

目录

为什么要写作……

　　这大概是一个逻辑性的问题，又应该是一个非逻辑性的问题。从逻辑性上说，问题本身就是包含着答案的牟比乌斯带。对作家来说，写作是生存的一种形态，不可能是单纯被选择的结果。"为什么"这个疑问是"生存"结构的一部分，正如不可能有对生存理由的答案一样，写作行为也应该无需理由。

　　但是，这是一个在逻辑性上诱发些许乡愁的问题。这个问题无法否认曾经存在一个充满希望可能性（能否妥当回答则另当别论）的时代。然而，穿过这如同超载卡车般的时代，作者变得失望而谦虚。即便是死亡之舞，跳得出色比起跳得拙劣来至少是对心灵的慰藉。

萨满歌唱祖国

——仪式·语言·国家，以及DNA

　　我创作《第四间冰期》这部小说是在距今二十六七年前。这是一种未来小说，其故事是说为了实现更加美好的未来，人类现在应该如何修正自己的轨道，并运用电脑对未来进行预测。设计出来的预测机大致详细描绘出预测未来的模式，但研发者——小说的主人公——对这个结果很不满意。因为根据这部机器的预测模式，近未来的人类为逃离环境的异常变化，运用基因重组技术，让人长出鳃，变成水栖人。

　　为了在这个无法容忍的未来保护人类，主人公打算把这个结果公布于众。但是未来出来干涉。已经变为水栖生物的人类并不觉得有什么不幸，甚至发现还有各种各样的好处。他们似乎继承过去陆地人的遗产，加以改良，打算构筑自己的文化。主人公通过与具有对话能力的电脑的交流，认识到不能把现在的价值标准带进未来，现在的单纯的延伸未必就是所希望的未来，但无法轻易接受。尽管理论上也许是这样，但心情上还是产生拒绝反应。最终被秘密组织起来的未来派来的刺客暗杀。但这时电脑显示在未来的水栖人中发生一种疾病。就是奇怪的自杀病。在水里已经不再需要的泪腺、鼓膜还留下痕迹，莫名其妙地想听风声，于是爬到陆地上，由于无法呼吸，流泪而死。

这部小说发表以后，一部分作家和评论家对其显示出强烈的拒绝反应，这其中大概也包括对我将电脑和遗传工学作为小道具使用的情节结构表示反感。其实，当时谁也没有想到电脑的实用性。这仅仅是二十多年前。我到现在NTT的前身"电电公社"（日本电信电话公社）采访，让我参观该公司的研究室。当时的电脑还处在真空管阶段，图书阅览室那么大的房间里装满真空管和横七竖八的一束束电线，蔚为壮观。但离实用性还很远，研究员们似乎也不抱多大的希望，尤其对人工智能持完全否定的态度。这大概需要整座楼房的容量，冷却方法根本跟不上。这种时候，技术人员一方面急于大功告成，另一方面却意外地采取禁欲的态度。

然而，仅仅二十多年之后，如今名片大小的袖珍计算器大为普及，人工智能也已经提到现实进入研究程序。这简直是难以置信的变化。一想到技术革新将会迅猛发展，甚至会感觉到一种如同在不结实的婴儿车上安装 7000cc 大排气量的发动机疾驰般的提心吊胆。那么，是否可以认为对那部小说的拒绝反应也已经消除了呢？不，事情未必尽如人意。患有某种过敏症的人应该依然对小说的主题本身耿耿于怀。对于现在与未来的价值标准或许完全改变的这种历史观……希望变成这样的未来形态，未来未必能够予以接受的虚无主义……虽然认真想起来并非什么特别的虚无主义，但越是认真遐想时代的前景，就越难免无谓地触怒神经。因为人是穿越漫长的历史过来的文化连续体，难以习惯以不断革新作为优势的技术的灵巧变化。追求不变的心情不仅是人类，也是许多动物的本能冲动之一。甚至连树袋熊在从一个动物园搬到另一个动物园的时候，有的也会因此死去。

时代越是急剧变化，执着于恒久性的心情越是与之成正比地加强，这是自然而然的趋势。"反技术主义"的倾向大概扎根于支撑文化的重要支柱之一——传统。何况无法恢复的环境破坏、发端于核武器的无休止的研发武器的竞争、令人想到弗兰肯斯坦发明的遗传工学的进步……这一切显然都是庞大的赤字摆在眼前，所以，不相信技术的潮涌会发展成为巨大的时代潮流一点都不奇怪。

但是，即使是弗兰肯斯坦，在雪莱夫人的原著中也是被描写成外貌丑陋、心灵美丽的怪物。怪物因其外貌而招致误解，它孤独的诉说是那部作品的主题。而电影不仅将这个主题通俗化，而且反其道而行之。如果我在这里无意中表示赞成"反技术主义"，这才真正可能为电影式的弗兰肯斯坦的再次复活助一臂之力。不言而喻，大气污染、核武器是无可争辩的怪物，没有任何酌情余地的恶。然而，其责任究竟是在技术本身吗？不去追究企业的利润追求、国家的利己主义、产业的军事化这些技术利用者，只是一味纯粹地批判技术主义，不是对问题的偷梁换柱吗？

如果我站在现在的观点上续写《第四间冰期》，大概依然会写出同样的故事情节。违抗未来的主人公还是会受到制裁，未来也无法抹杀因为憧憬风带来的乐音而选择自杀的异端者。只要不主动接受这个纠纷，大概就无法睁着眼睛活在现代。正如"技术礼赞"的美梦已经褪色一样，"反技术主义"听上去也只是几乎失效的老人的牢骚。

我对"技术"与"人"这个二元论大抵持怀疑态度。技术本身绝不会是人，或者人性的对立物。技术，一言以蔽之，就是对使用道具要做点什么这个行为程序整体的意识化。人不仅对技术成果具有满足感，甚至对程序的完成本身也深感喜悦。这是对投影于技术的自我发现的喜悦。从本质上说，技术具有人性。

重要的大概是技术所包含的自我投影和自我发现的问题。有时候我修理照相机的小毛病，在感觉即将修好的时候，发现自己无意识地反复念叨着"人不是猴子，人不是猴子"这样咒语般的话。我知道猴子当然也会使用一些简单的工具，我绝非歧视猴子。我的咒文只是想单纯地表达作业程序化的喜悦。但是，这个"作业程序化"究竟是什么呢？既有失败后的不断探索，也有在心象中的坐标转换作业吧。但是，归根结底，还是沿着时间轴的程序判断，就是将自己的行动与对象的变化作为因果关系予以总体地把握。不借助"语言"的力量就无法完成。因为自我投影原本就是"语言"结构本身。

其实，我在不久以前就开始关注对作为解读现代混沌的钥匙的"语言"之谜的解读，这是因为得益于有机会学习分子生物学。说是学习，因为是外行，只是一知半解的生吞活剥，但的确产生一种无法抑制的感动。这门学问从分子层面解析生命现象，不仅仅是还原主义的成果。最近其应用方面的遗传工学过分引人注目，关键的思想方面往往被人遗忘，但出乎意外的是这也许可以与进化论相媲美。至少对于进化论是无比强大的支援，这一点确凿无疑。总之，系统发生的途径可以得到客观的验证，系统发生与个体发生可以在同一个平台操作。然而，我感觉有点忧虑的是，有几个分子生物学者异口同声地把"精神"领域作为今后的研究课题。为什么不是"语言"，而是突然把"精神"这个暧昧的概念提出来呢？这使得我不得不急忙重新仔细深入探究"语言"问题。一开始探究，就发现原来这里是一个极端的空白区。它毗连所有的领域，却无人过问，束之高阁。的确，语言难以操作。思考"语言"也只能依靠"语言"。这正如与镜子问答，是一个不确切的思辨性作业。我脑子里猛然冒出三个人的名字：俄罗斯的生理学家 I. 巴甫洛夫、奥地利的动物学家 K. 洛伦兹、美国的语言学家 N. 乔姆斯基，这三人都对"语言"阐述过具有先驱性的见解。

当然，三人各不相同，其观点、方法也不一样，但如同制作合成照片那样，把这三个人的观点重叠在一起进行强度曝光，我觉得会浮现出相当鲜明的构图。

例如巴甫洛夫，就是那个以条件反射的理论著称的巴甫洛夫，他好像把"语言"视为比一般的条件反射更高一维的条件反射。这的确是一个令人深感兴趣的假设，但好像这是他临死前顿悟般的预见，没有形成文字留下来。我查找三种科学词典，都没有相关的记述，我怀疑也没有人继续研究这个问题。现在只能在可能的范围内进行臆测。所谓"更高一维"的含义，例如在一张纸上画个圆圈，让这个圆圈离开纸面在空中移动，就会出现"管"。平面变成更高一维的空间。置换为语言的话，就是二维积分为三维。就是说，将某种条件反射体系的积分值设定为"语言"就成为巴甫洛夫的假设。就我而言，感觉更想采取"数码转换"，而不是"积分"，但现在不打算深入研究下去。重要的是要始终坚持将"语言"作为大脑皮层的机制加以把握的态度。

乔姆斯基采取逆向研究，运用通过内窥镜从语言学方面观察"语言"构造的方法，引导出"普遍语法"的思考。所谓"普遍语法"，就是组合在遗传基因层面的、语言形成的天然程序。地球上有爱斯基摩语、法语、切罗基语、印地语、日语、澳大利亚土著语等数不胜数的个别性语言，各有固有的语法，但这些固有的语法绝非飘浮于文化层面上的空中楼阁，应该牢牢扎根于"普遍语法"这个生理基础。这当然无法通过实验得到证实，但也绝非一时的心血来潮。乔姆斯基在认真观察英语固有语法的过程中，似乎发现某种限制法则在英语结构的形成过程中发生作用。例如在一个灌满水的水桶底部开一个洞，随着水的流泻，水面会形成一个漩涡。在北半球，这个漩涡应该是左旋。

这个模式的形成自然是遵从水本身的流体力学规律，但仅仅这个不会产生右旋或左旋的选择。不论向哪个方向旋转，都满足流体力学规律。还有一个是来自外部的地球自转的力量的作用，这个力量才决定漩涡的方向。乔姆斯基查明与地球自转相似的力场在固有语法形成中所产生的作用，将其命名为"生成语法"。人们是通过学习掌握个别语言，但这个学习一定要遵循"生成语法"。正如漩涡的方向无法离开地球的自转，不论采取什么样的教授法、学习法，都不可能与"生成语法"相矛盾。就是说，某种语言在构成例如否定句、疑问句等文章结构的时候，当然会出现正确或错误的排列方式，但其语法判断标准并不是由当事者协商决定……因为在确定语法之前不可能商定……所以只能认为在人们讨论之前就已经铺设好轨道。不同种类的个别语言原则上具有可译性大概也是出于这个原因。从"生成语法"到"普遍语法"只差一小步。人通过探索外界构筑概念，但不是构筑"语言"。"语言"始终只能以"普遍语法"作为素材，按照"生成语法"的设计图进行构筑。

如果说乔姆斯基的"普遍语法"是从天而降的吊篮式探测器，那么巴甫洛夫的"第二系条件反射"就是从地底掘进的隧道式探测器。以相反方向接近的两架探测器夹着"语言"突然相遇。

洛伦兹则更加具体，他是动物学家，始终穿着探险鞋在地面上行走，仔细观察。例如发现一种鸟对一种红色的软绵绵的物体做出特殊的反应，并立即采取避难行为。这个红色的物体必须是活动的物体，软绵绵的物体还必须是红色的，否则鸟就不会做出反应。由于鸟的避难行为，可以使它免遭狐狸的攻击。鸟对没有尾巴的狐狸大概毫无戒备。这里最重要的是这个避难行为不是通过经验、学习而得到的，它与人对敌人的分辨方法截然不同。就是说，动物的智慧没有任何的惊异之处，只要一看见软绵绵的红色物体，就莫名其妙地产生想逃命的"心情"。通俗地说，这是"本能"。更准确地说，这是组合在遗传基因层面的程序所产生的诱发行为，或者说是抑制系统。运用这个方法解析动物攻击行为的著作成为洛伦兹的代表作。他排除一切拟人化手法的观察，其准确性和说服力令人惊叹。我不禁对以进化的凿子精雕细刻出来的大自然的伽蓝发出由衷的赞叹。

这个方法不能适用于人的行为吗？乔姆斯基的"普遍语法"里具有与动物的本能行为相当类似的地方。难道洛伦兹仅仅是因为没在意而忽略了"语言"这个矿脉吗？不，他并没有忽略。其实他也多次谈到这个矿脉的存在，明确主张将"语言"的基础视为天生就有。然而，遗憾的是，他的主张格调极低。似乎他对"语言"世界怀有"本能性"的厌恶感。也许真是如此。与几乎不见任何例外的动物行为的整齐有序相比，人类的行为的确过于杂乱无序。不过，这是理所当然的吧。因为通过对"语言"这个概念的把握能力，打开了本能性的、被关闭的程序，结果在意想不到的地方遭遇"反技术主义"的伏兵。然而，果真如洛伦兹所担心的那样，"语言"对人类是不合适的存在吗？

当然，这种想法也是因"语言"而异。如果把"语言"视为不合适的东西，那么运用不合适的"语言"所思考的见解也必然是不合适的。这简直就是一个迷宫的世界。人类一旦挖到"语言"这个矿脉，不论是好事还是坏事，现在都是已经离开"语言"就无法生存下去了。可以这样想象一下：如果将动物的世界比作没有空气的月球，人类世界就是被厚厚的"语言"这个大气层包裹的地球。谁都可以想象不思不想万念皆空的状态，但如果不是道行高深的禅僧，根本就进入不到这个境界。人可以脱离"语言"而存在，大概只是处在深沉的慢波睡眠的时候。在睁开眼睛的瞬间，怎么也想不起来梦境的内容，大概谁都有过这种焦躁着急的体验。这是无法"语言化"的焦躁。"语言"甚至深深扎根于梦境之中。

人通过"语言"具体地失去什么，又得到什么呢？首先能想到的大概是"群体"的行为在质量两方面都发生巨大的变化吧。正如洛伦兹观察到的那样，某种鸟看到软绵绵的、会动的红色物体时一定选择避难行为。这没有例外。因为"群体"的统一行为是物种延续下去不可或缺的条件。不仅避难行为，攻击、求爱、筑巢等一切基本行为都必须像仪式一样正确进行。面对复杂的环境，可以将仪式复杂化。只要重复仪式的基本模式，应该能够顺利应对相当复杂的外界。不能不承认，即使不是真的狐狸，只要是软绵绵的红色物体就一定会做出反应的封闭程序也有其有利的地方。如果是开放性的程序，就做不到这一点。如果大家拿到的节目单（程序）各不相同，剧场的观众一定不会答应。

然而，"语言"为什么打开程序了呢？假设上述的某种鸟具有"语言"，它即使看见软绵绵的红色物体，也不会像以往那样自然而然地做出反应。它应该是先经过"语言"过滤，转换成有意思的信号后，再选择什么样的行为。这种情况，指示行为的直接刺激信息的是"语言"，软绵绵的红色物体成为"语言"的刺激剂。"语言"具有既是接收机又是发送机的两用功能，而且接收内容与发送内容不一定就是一对一的对应关系。有时候变成"真的狐狸"，有时候变成"鸡毛掸子"，有时候变成"女用围脖"，等等。就是说，它的程序是开放的。导致其结果的行为也只能是各式各样的。

就是说，通过将"语言"转换为刺激行为的信号，人就具有创造性的程序。各不相同的程序会起到丧失、分散"群体"统一性的作用。其实不仅如此。拿到各不相同的节目单（程序）的剧场观众在经过暂时性的混乱后，会通过要求退票、享受混乱的欢乐等形式最终达成问题的解决。这不是单纯的"分散"，而是"群体"构造化的开始，而且这大概也会成为"分工"的动力。"群体"整体将增强对环境的适应能力。接着，"群体"巨大化、抽象化到将从未直接谋面的成员组织起来……最终国家由此诞生。

当然不是一切都如愿以偿。"群体"的强大催生势力范围的扩张，从而产生与其他集团加剧对立的原因。人类的自相残杀能力也许就是在这个时候获得的。"语言"作为代价所支付的是几种"本能的放弃"和"贴子"的计算……当然因为程序是开放的，如果有意的话，也不是不可以重新制定出运用"语言"无条件地防止杀人的道德仪式。但没有这样做。在内部制定有规矩，但是对"群体"的叛逆者以及敌人不能使用这个规矩，最终只能制定例外规则。趁着自相残杀的本能性禁忌变成自由的机会，"语言"不断完善忠于"语言"的仪式，煽动对其他集团的敌意，将狩猎技术与提高战斗力结合在一起。奇怪的是，集团里"仪式的运用"和"战斗力"这两极分化从古至今几乎没有变化。"语言"的技术人员萨满和统帅战士的族长肯定是共同创造权力的椭圆形结构。对"群体"来说，以军事力量为核心和以仪式为核心是无法取代的两大功能吗？这种椭圆形结构在欧洲明显表现为天主教社会里国王与教皇的关系，在日本则是将军与天皇长期并存。我感觉现代也没有多大的改变，尤其是萨满诵念咒术的呻吟声不见任何衰微的迹象。至于军事力量嘛，还是不说为妙吧。

萨满究竟一直唱着什么歌呢？如果我没有听错的话，总觉得像是国歌。这并不是什么好现象。"语言"本身本来应该擅长分化和分工，然而一旦发出"全体集合"的号令，又会作为强大的信号发挥作用。为得到"语言"而付出的各种代价里也许只有"集体化"的本能没有包括进去。不久前发生的一起火灾事故可以说是"集体化"的例证。东北地区的一家旅馆失火，经过对现场的仔细调查，结果发现一个奇怪的现象：

楼梯下死者最多，而他们原来属于一个团体。这些房客已经从二楼逃下来，但他们在楼梯下忽然停止了逃生行为。后来据生存者说，因为其中一个房客慌乱中把东西忘在二楼的房间里，又返回去取，这导致其他人跟着停止逃跑，于是几乎全体都被火吞没了。而这力场的主角似乎就是那个忘记东西的脑子发疯的家伙。从从众心态上说，在发生恐慌的时候，采取例外行为者似乎具有当选为"头目"的倾向性。如果只是这个例外行为就具有头目的资格，那么头目的形成机制也许就潜藏于集体里，而与是否具有头目候选人的资格无关。潜藏于"语言"下面的"集体化"冲动也许具有可以轻易堵塞"语言"过滤器网眼的强大力量。演说家慷慨激昂进行煽动的时候，也明白作为异质分子突出与众不同的自我的原因。不要轻视萨满。对萨满歌声的反应是潜藏在所有人心中的类似于乡愁的冲动。

当然，萨满并不是经常大声歌唱祖国的歌。平时总是低声地、随意地、专心致志地进行发声训练。从极其日常性的礼仪行为开始，婚礼、葬礼等个人层面的仪式……大大小小的共同体的祭礼、体育比赛、典礼、对流行时尚的关心等多种形式的生活规则……洛伦兹认为这种仪式化具有不通过遗传的传承即传统的一面，对其稳定性予以极高的评价，甚至说具有"黄金分割"的感觉。然而，我对此难以赞成。的确具有稳定性，但如果只是希望稳定的话，封闭的程序应该就足以保持稳定，倒不如说"语言"不正是以不稳定作为导火索来发动创造力的引擎吗？当然，正如动物的本能行为可以开启和抑制一样，"语言"也可以开启和抑制。促使"集体化"的"语言"信号非常强大，但其实这并非"打开水龙头"的刺激，而是"关闭水龙头"的刺激。也许用松紧带作比喻比水龙头更通俗易懂。"集体化"的信号命令把松紧带拉到极限的手松开。如果认为分散化和个别化是"语言"的紧张状态，那我们就是休息状态。观看棒球、足球时的狂热兴奋，在奥林匹克运动会上看到升国旗时的热泪盈眶，这都无需"语言"的紧张。一般地说，"集体化"的仪式就是催眠"语言"的程序。这不是加热，而是冷却，与狂热、昂扬的情绪并不矛盾。众所周知，麻醉大脑皮层的酒精、海洛因会引发主观性的兴奋。试想一下面对近亲者死亡的情况，一般动物要不遵循生前的规矩处理尸体从而陷入混乱，要不就一副漠不关心的样子。人通过"语言"的过滤器事先已经认识到这是遗体。但是，有了这样的认识之后，会采取什么手段呢？不可能与死者进行交流。处于临界状态的"语言"紧张也寻找不到应对的行为。于是就举行葬礼这种仪式。这是转换坐标的方法，将与死者的交流转换为与

17

生者的交流。泪水也在悲伤场所这个仪式中完善其形式，变成无害的东西。

在"仪式"的强制力中，还有另一种冲动也不能忽视。那就是不被伙伴们认同的担心。日本有"村八分"①，但这似乎不是日本独有的现象。我曾看过一部描写美国得克萨斯州小镇的电影……记得片名叫《最后一场电影》……这部电影，描写了在与邻村的足球赛中失误的一个少年在城镇里受到"村八分"制裁的悲剧。虽然给人留下非常阴暗的印象，却是一部很优秀的影片。如果提高到国家层面来说，那就是反叛国家罪。萨满的歌声里所包含的陶醉和恐惧的旋律……感觉明白了没多久历史的"爱祖国"超越在国内的利害关系未必一致的人种、阶级、身份的差异，唤起狂风暴雨般集体化的冲动的理由。

当然，我们，至少现在的日本人并不是一年到头都关注着萨满的声音而活着。总体上说，日常生活受到抽掉麻药的"语言"……保持最低限度的紧张的"语言"……的支持。即使在别人看来是如何的愚蠢，但个人梦想、相信自己能力的状态绝不是悲观的。只要

---

① 村八分，江户时代以后村落实施的制裁制度。对不遵守村规者，经全体村民商议，全村与该家庭断绝来往。——全书脚注皆为译注，下文不再说明。

想到相信九成以上的国民都是中产阶级这个"逍遥自在者"综合征也是由于"语言"的分化功能而出现的平等观念，就可以接受上述观点。这个观点绝不应该受到谴责吧。然而，萨满的歌声并没有因此停歇。最近中曾根首相提倡学校举行正式活动时有义务升国旗唱国歌等，这些都是他放上去的大烟花。仅仅是意识形态上的赞成或反对已经为时已晚。这种情况下，不如执行文部省的通知，同时深刻地内省地观察取而代之的某特定集团的歌曲和旗帜所引发产生的某种感情……集体化情绪的产生机制，充分利用投影、验证"语言"过滤器的训练机会，也许这才是教育第一线最合适的方法。

越想越觉得奇怪，果真有过"语言"的"分化"和"集体化"这两个功能达到平衡的时代吗？作为"仪式"的"语言"总是过于扮演好人的角色。例如被派遣担任国际友好使者的肯定都是民族艺术团。这种对集体化倾向所表达的敬意甚至在默然之间成为国家间的礼仪。我在开头所阐述的"反技术主义"的大义名分大概也是出于此处。当然，我并非单方面地全盘否定"集体化"的冲动。前不久，墨西哥城发生大地震的时候，相对于地震规模而言，人们不是过于恐慌。这是因为电视台不停地发布地震信息。我看到这篇报道后，心想这极有可能。"集体化"具有强烈的镇静作用。电视轻而易举地形成疑似集体。电视形成疑似集体的努力，包括其功过，难道不是最近获得的技术成果中最大规模的吗？上野动物园的大猩猩布鲁布鲁君也是通过电视治好神经官能症的。

尽管如此，"疑似集体"的过剩生产还是令人无法心情平静。这不仅仅是因为经过处理的信息过剩、低俗节目的充斥风行，更是担心由于共有悲伤场所、明星的"疑似集体"的泛滥会使得对"集体化"冲动产生免疫力。"集体化"的慢性中毒患者大概已经不再担心国家仪式的庞大化吧。作为"分化功能"的"语言"被关闭在家禽笼子里，只是努力生产着鲜肉和鲜蛋，似乎早就忘记了龇牙咧嘴的功能。国家作为无限的会所，显示出自由放纵的宽大，其权威受到无条件的美化，姑且不论对政策的批判，只要对国家存在理由提出疑问，就被视为"可疑"的行为。柬埔寨波尔布特政权对知识分子（！）的屠杀，伊朗以神的名义的"圣战"思想……但国家本身并未受到任何制裁。反对使用核武器，不能成为否定战争的部分性意志的表现，反而成为优先发展的课题，这实在令人费解。由于对极其强大的国家的归属感，不是导致无法相信没有敌人的世界的可能性吗？我认为分阶段裁军是具有现实性的提案。然而，我感觉现实性不过是不实现的另一种说法。

　　只要不设法结束"语言"的这种单引擎飞行，包含"技术"在内的人类自我投影的成果就很有可能无法得到正当的评价。我绝无偏袒技术万能主义之意，例如即使对"疑似集体"的无节制的制造机——电视也深感不安。我还知道包括核武器在内的所有武器、破坏污染环境的巨大产业，都是依靠对萨满的企业捐款得以生存的。因此，我想就冷却"国家信仰"提出一个具体方案。现在的民主主义制度基本上已经从权力的椭圆形两级结构进化到立法、司法、行政的三权分立。如果为了"教育"而增加一个独立的"府"形成四权分立，那将会是怎么样的呢？当然，这个"教育"与传统意义的教育不同。如果不把DNA站在"语言"这面镜子前自我发现之前的系统发生史植入教育基本法的新教育体系，这个"教育"就没有意义。这是不为任何萨满的神谕所左右的、为了坚韧的自我凝视的科学语言教育。这是为了不把开启存在与认识的"程序"的"语言"这把钥匙最终因受到萨满歌声的困惑而放手的教育。因为人其实正是"开放的程序"本身。

Ⅱ

急欲轻生的鲸群

　　我的工作地点是在环绕着火山湖的外轮山，离预告近期将发生大地震的第一个发生地骏河湾大约六十公里。专家的意见说，根据现在的状况，即便明天发生地震似乎也不足为怪。只要出现地震的征兆，有关方面就会发出警报。平时就是这样随时都面对着危险的瞬间。不过，至今尚未听见集体搬迁的动静。

　　仿佛两个时间在平行地流淌。一个是板块压力下积存的能量达到极限后等待释放的客观时间，另一个是有昨天就有今天、有今天应该就有明天的所谓日常性经验规律的时间。既然知道客观性时间难以避免，为什么还要以经验规律优先呢？

　　试着在这里打一个小小的赌：如果在我写完这一行字之前发生地震，我付给你一万日元。平安无事。我赌赢了。可是没有特定的打赌对家，所以我没有赚到钱，但也没有损失。不仅我，直至真实的地震发生之前的每个瞬间，每个人都这样一直对着乐观的估计打赌。

这是想象力不够而产生的乐观主义。我想起勃鲁盖尔描绘的盲人领着一群盲人行走的那幅画。只要有一个人惊恐地跑出队伍，其他人就会立即做出反应，陷入恐慌状态。人们的内心想法是稳稳地维持一直持续下来的"现在"。然而，不能把这种乐观主义简单地归结为愚钝。经验的反复作为日常行为而固定下来也是为了生存所必需的智慧。这与那种例如当市街的战斗这类非日常性行为一结束，便立刻在街头巷尾重新召回日常性摊贩的生命力相通。多余的想象力莫如说是自寻烦恼的根源。行为原理与其需要科学实验那样的严密性，不如机械齿轮那样的游戏具有更高的实用性。

冬天过去，春天来临；春天过去，夏天来临。大概没有人对这个自然周期表示怀疑吧。但这个周期也不是绝对不变的。即便没有发生地轴倾斜这样的变化，从春天一下子跑到秋天的气候异常现象并不少见。尽管如此，人们还是相信春天的来临而忍受冬天的严寒，在春天耕作而等待夏天。仅仅因为缺少些微严密性的行为原理，就可以使为了明天收获今天的劳动成为可能。

八世纪的中国诗人杜甫有这样的诗句："国破山河在"。大概"国"是政治，"山河"是日常吧。国一破，山河自然荒废，但并不是消亡。杜甫提出了一个国虽破，依然是民众生存所依；山河虽荒废，依然继续存在下去的概念。人类的历史，归根结底，就是针对各种不稳定因素而持续扩大日常的努力。

　　但是，我感觉，现代，尤其是第二次世界大战以后的危机与以前所有的危机有着本质的不同。战后能咀嚼品味杜甫诗歌的大概只是战败国的国民吧。站在正义一边的战胜国，摆脱殖民地统治、获得主权的第三世界各国都洋溢着和平的日常性的幻想。这本是一次对国家也许原本就内含的战争病灶进行彻底解剖的绝好机会，但人们急匆匆地对国家采取宽容的态度。到处弥漫着不仅把战争，甚至可以把日常的安定和保障完全委托给国家的气氛。国家一旦拿到信用证后，就立即开始发起竞争，变本加厉地激化原本是国家恶癖的竞争心。为了安全，将无信标志的武装力量正当化。（虽然如此，通过发达国家的工业品生产基本有效地增强了日常性，其结果导致对由于进一步巩固日常性而大量消费能源熟视无睹，熵的增大将窒息日常。）通过冷战持续扩大的军事力量因为是核武器，所以将很快实现力量的平衡这种奇怪的和平。当然，平衡并不意味着停止竞争。这是在互不信任的天平的两端以同样的速度同时加大砝码的扩军平衡。这种平衡不会无限期地持续下去。即使绝对不会出现由于误解、错觉、手误而发生的攻击，但如果有一方抓住先发制人的机会瞬间，这个平衡将不得不被打破。为了胜利，为了最大限度地减少牺牲，最终按下发射武器的按钮。为了不把这个机会让给对手，只能持续不断地竞争，保持领先地位，以获得先发制人的秘密。现在世界拥有的核武器可以毁灭地球好几次，但没有人想就此停步。

一旦发生全面性核战争，山河将不复存在。国家破灭，山河也随之一起破灭。

将盘踞在国家里面的无信构造曝光出来，这不是好国家、坏国家的问题，而是感觉事态的发展似乎已经到了应该怀疑国家存在本身的地步。感觉已经到了应该这样询问的时候：为什么只能允许国家使用暴力？设立超越国家主权的司法权难道是绝对不可能的吗？从现状来看，绝无希望。为了可以有效地发挥司法权的力量，不能不认可足以解除罪犯武装的暴力。当然，不允许超过自己原本就是国家的本质。这是否意味着人的政治能力走到极限了呢？

鲸鱼的集体自杀现象是一个谜。本应具有相当高智力的鲸鱼突然成群结队发疯似的向岸边游来，搁浅沙滩。怎么把它们拖回去，它们就是不返回大海，最终溺死在空气里。它们是因为惊恐地逃避什么吗？能够让鲸鱼感到恐惧的大概就是逆戟鲸、鲨鱼这样的海中猛兽。可是鲸鱼的集体自杀是在没有鲨鱼的海域发生的，而且逆戟鲸本来就是鲸鱼的伙伴。于是，甚至有人提出可能因为鲸鱼害怕溺死才从海里逃生的观点。海里的生物害怕被淹死，这是一种反论，这种思路倒是挺有意思的。因为鲸鱼原本不是鱼，而是用肺呼吸的陆地动物，所以也说不定由于某种事态的变异，鲸鱼出现返祖现象，对被水窒息而死心怀恐惧。当脑子受到寄生虫或者细菌的侵袭而失去浮上水面的力气时，由于过于害怕可能被溺死，因而看不到现实的死。

没有任何人保证自己不会像鲸鱼那样死去。

右脑闭塞综合征

如果是"期待无愧于时代的作品问世"这个意思，那么所谓"新小说"这个说法也不是不能理解。这与"过了年后，旧日历就没用了"是一个意思。可是，我觉得这"新"里有着另外的含义。可能是有关方法的问题吧，虽觉得可以理解，但意外地难以下定义。

一部作品的诞生过程，作家本人也无法有明确的自我认识。仅仅反复思考主题、人物等还是不行。在这种有意识的努力积累过程中，自己的思考被浓缩，变成过饱和溶液的状态。然后意想不到的飞跃瞬间接踵而至，印象的碎片掉进这溶液里，变成核心，开始产生结晶作用。

例如我创作《樱花号方舟》，发挥核心作用的就是一只脚掉进抽水马桶里被吸进去这样一个无聊透顶的梦。为此而准备的所有记录、笔记都突然结晶在梦的四周，开始形成结构。接着，情节的进展非常迅速，但不是逻辑性的东西。如果用流行语表达的话，就是极具 analog（模拟性）。创作是一种"等待"，这个说法不是撒谎。然后是超越计算的直觉随心所欲地自我增生。

话虽然这么说，小说终究是语言的世界，语言终究是数码的符号。这与音乐、美术终究是模拟表现形成完全不同的对照。将小说与音乐、美术区别开来，不划入艺术类，大概就是出于这个考虑吧。因为数码表示适合于逻辑结构，应该与评论等有很多重叠之处。但是，无法否定，小说与评论具有本质上的不同。

就是说，小说在其构思阶段也极具模拟性。对数码记述的语言进行模拟性的处理，最终必须再次返回到模拟性的形象。这种双重性才真正是小说之所以为小说的缘故。小说里的数码要素的确可以说明，也可以解释，但因为模拟性要素的原因，不可能解释透彻。

那么，小说与时代的关联属于哪个范畴呢？如果是概念的关联，大概属于数码的范畴。如果只是主人公的言行、主题的展开，数码表现就可以解释。但有的小说真的让人感觉到现代气息，为什么这就是现代的呢，却未必能够予以"说明"。有不少在无法解释的模拟性要素里感受现代。

角田忠信氏的著述《日本人的脑》认为，由于仅由元音构成含义的日语特殊性，日本人的"优位脑"（一般是左脑）容易受到自然音的刺激，相对而言，

"劣位脑"（右脑）容易产生闭塞。不过，在日常的智力活动中似乎并没有感觉不便。所谓右脑闭塞，就是模拟性思考处于停止状态，但这应该不是很严重的残疾吧。这么一说，的确发现右脑闭塞的感性残疾人在这一带横冲直撞，有数码作家，也有数码评论家。

最坏的也许就是为了弥补感性（右脑）的欠缺而陷入情绪过多症的那些家伙。情绪乍一看似乎是与感性有着近亲关系的精神活动，其实似是而非，我觉得应该是属于语言周边领域的"暧昧的语言"。最终不过是左脑的功能。本来就是赝品，但那种感觉性的混淆难辨具有更大的危险性，会轻而易举地解除本来就容易陷入右脑闭塞的日本人心理构造的武装。

最近常听说日本人脱离文字，仔细一想，也许大可不必悲观。也许仅仅是大量数码化的文学由于其数码过剩被抛弃而已。如果其背后活跃着模拟性意向的话，那么作为闭塞的右脑的通风扇应该受到欢迎。不仅仅是小说，创造性原本应该也是模拟性的世界。

逼真的偶人

请大家想象一下平时空荡荡的美术馆或者不太知名的画家的画展。一个男人久久地站在一幅绘画前伫立不动。一个中年妇女走过来。看上去她似乎并不太热心，停下数秒，最多也就十几秒，便马上要走开一样，保持行走时前倾的身子轻轻停下脚步。然而，当她的眼角余光瞥了一下那个专心致志看画的男人时，她的目光也注视到画面上，把身体重心沉在双脚当中。这幅画只是画框很大，画面上没画什么，仅仅用白灰泥似的东西厚厚地涂抹着整个画面。她再偷偷扫一眼那个男人，他一动不动，看得入迷。他在看什么呢？难道他看见了自己看不见的东西吗？难道他看得见的东西就自己看不见吗？她也目不转睛地盯着画面。

过了好久，她忽然惊叫起来，吓得直往后退。她终于发现自己身边的那个看画的男人不是真人。那是白色画面的一部分，或者说画面的延伸部分，一尊与真人一模一样的雕塑。这尊雕塑没有模特儿的个性，服装、体型、年龄都很中庸，而且还上了色。令人吃惊也很正常，观众只认为自己是一个普通的观众，不料突然和偶人一起也被镶到画面里去，成为画的一部分。这一定是误入那种看得见却摸不着的全息图的体验。

这种逼真的偶人大概继承了起源于七十年代初期以美国为中心兴起的超现实主义潮流。不可否认，达到以假乱真程度的写实作品具有某种冲击力，但是否值得冠以"美术"之名则另当别论。例如摆放在餐馆门口的菜肴蜡制品，我每次看见都很钦佩，但不可能让我感动。超现实主义获得市民权而进入美术馆的作品至今也还很少，刚刚出现的时候的确让世人感到厌恶。

如果仅仅是细部描写，绝非始于今天。中国、日本算是例外，近代以前的欧洲，尤其文艺复兴时期，写实极受重视，运用远近法等技法，一心追求"观看"这个行为的客体化。可以认为，促使照相术的发明也是在这个时期进入准备阶段。听说实际上真的有画家在暗房的墙壁上凿开一个洞，用画笔临摹映照在对面墙壁上的倒立影像。这是在定影这种化学处理技术发明之前的手绘照片。

近代以后，照相进入实用化时代，但照相从未占据美术的主流地位，倒不如说开始脱离美术的写实。

可以说它不再是现实标本的剥制，描写开始让位于表现。

其实，仅仅再现细部本来就不是写实的目的，只是表现主题的手段，所以一旦脱离写实，后来的发展就非常迅速。技法越来越自由奔放，从抽象画一路奔跑到行动派绘画。这也是对绘画这种行为本身的质疑。

超现实主义的出现仿佛是对近代绘画潮流的抗逆，它无视表现，如照相一样专心致志于细部的描绘。好像还有人直接给照片上色，把模特儿连同其服装整个制作成石膏模型。这是对表现主义的模仿吗？我认为它不至于改变近代绘画的潮流，但至少应该承认具有像一根木桩一样搅乱潮流的效果。

那么，照片与超现实主义之间有什么不同呢？本文开头所写的逼真偶人让女观众惊叫起来，照片也会有同样的效果吗？如果发明了彩色全息图，大概有这个可能。就这一点而言，似乎没有什么区别。

但如果考虑到将来，二者则显然不同。逼真偶人只要能满足作者的惊吓观众、引起混乱的意图，就不需要更加细致入微的细部。照片包含有作者未必意识到的细部信息，提供适合受众解析能力的信息。只要镜头的解像力高，信息量也随之增加。弄得好的话，将被摄体的指纹放大，都能查找出他是否有前科，这不是不可能。

就是说，从"质"上说，照片和逼真偶人很相似，但在"量"上，可以说二者有着本质性的差距。例如，从"旅行者"号探测器发回来的土星照片里装载着计算机必须进行几个月运算才能解析的大量信息。临摹的画不论多么毫发无差的逼真，也不可能成为信息源。大概最多只能作为电视科学节目的背景画吧。

我并不是说照片的信息就完全没有质的问题。例如优秀的新闻报道照片就时常因为信息的质的问题而令人难忘。然而，感觉现在似乎没有必要拘泥于质，只要人们满足于构图啊、对比度啊这些造型主义的评论和评价，画家们对逼真偶人的嘲笑就不能不直截了当地原样反馈到照片上来。照片应该尽快彻底摒弃作为逼真偶人的替代品的因袭，脱离美术亚流的处境，自觉认识到在信息方面的绝对优势。如果画家们还在继续喋喋不休"把逼真偶人交给照片"，我希望摄影家予以反驳："逼真偶人才应该交给画家。"

樱花是异端法官的徽章

　　我以前当过田径运动员，应该不至于运动神经迟钝，但在水里的确不行。即便完全按照教练的指导在游泳池里练习，也是马上沉底，就别说什么游泳了。自我解释大概是比重的问题，但教练批评我是因为对游泳动作分析过度。的确，我无法否认自己的分析癖。例如我比一般人更喜欢数字，而且很有成就感。但是，正由于这种分析癖，具有讽刺意义的是，经过认真的分析，得出分析对作家这样的工作弊大于利的结果。此后，我放弃游泳池里的努力，作为作家也尽量避免分析，而是把自己交由心象，在语言中游泳，尽力写作。

　　所以，当有人向我约稿"日本文化现状"之类分析性的文章时，本来觉得不该应承，但转念一想，这样过于拘泥本身就是分析性的，于是决定答应下来。反正我不打算对即便尽是独断与偏见的观点负责。

　　我讨厌樱花。当我从云彩瑷碡般长长的夜樱树底下穿过去的时候，我感觉到樱花的美丽。尽管樱花很美，但是我仍然不喜欢。这大概因为日本人的心中还盛开着另一种樱花的缘故吧。例如舞台上的布景画，不是用锌白，而是使用以贝壳粉为原料的胡粉白描绘樱花。虽然在外国人眼里，只是产生美学效果，但对日本人来说，却是一种强有力的象征，它作为引发感情的装置进行运转。如同美国人对于牛仔帽那样的感受吧。

然而，感情经常与感觉混为一谈，其实这是两种不同层次的感受。感觉是外界或体内发出的刺激通过专门器官接受的生理体系，感情更接近于语言。虽然不是语言本身，却像是在其周边晕染轮廓般的亚语言，或者说是准语言。其传递的内容也比感觉更具结构性。它原本就不具有语言结构那样的系统性，只是通过不断重复的共同体验而自然产生和形成的，所以天生具有只能在同样的文化圈内通用的弱势。但是，在适当的条件下，这个弱势可以转化为强势。例如在夜战时使用暗号以辨别敌我。于是，异端法官们视之为方便的石蕊试纸，倍加珍爱。将所有的感情与民族主义联系在一起未免过于武断，但民族主义的支撑点经常与感情关联在一起，这也是无法否认的事实。

不管怎么说，感情因素经常进入恰好将日常这个个人时间作为表现平台的文学作品里。经常说文学翻译的成品率好的在百分之八十左右，剩下百分之二十不可译的部分也许是因为文体里掺杂有感情的缘故。幸运的是，我先前所接触的翻译小说中，还没有因为翻译的原因感到不满意的作品。优秀的小说总是因其小说而优秀，无聊的小说总是因其小说而无聊，感情的含量似乎不能左右作品的价值判断。尤其在第二次世界大战以后，世界不再是以本国为中心描绘出来的地图，而视之为地球仪上的连续体。用不着有意踮起脚尖，随时都能与身边的日常世界密切接触。即使一个人静悄悄地关在房间里，也能够超越国境触摸时代。只能说，如今还执着于感情是落伍于时代。

然而，毫无惧怕落伍于时代正是异端法官的美德。想想看，这十来年里，日本戏剧界对感情的倾斜与日俱增。尤其具有活力的中小剧团尤为明显。他们并非直截了当地讴歌民族主义。其实不如说感情派是一种反体制的动向，得到新左翼论调的支持。但是，如果定睛细看，就会发现其背景里飘浮缭绕的白乎乎的东西无疑就是樱花。异端法官们慢慢地站起来，把让樱花大放异彩的反体制戏剧人一个个送进大剧场，他们将反体制与体制内互换颜色的工作正逐渐获得成功。

恰在这个时候，美国突然高喊要加强军备。而日本政府由于乡间戏《哈姆雷特》的声色的缘故，夹在舆论和美国的要求之间，两头受气，显露出气恼的样子，但其实内心应该是跃跃欲试的。因为这是鼓舞民族主义再好不过的机会。终归要一点点地增强军备，美国大概误以为日本答应了美国的要求，但这不过是给日本的异端法官们穿礼服的借口而已。通过民族主义不可能说服民族主义。拒绝对话是民族主义的一个特点。美国一叫喊，樱花就因此茁壮成长。

我对陀思妥耶夫斯基的著作开始着迷是在十七岁，那一年日美开战。当时，樱花作为我心灵的象征开始凋谢。此后，我对樱花怎么也喜欢不起来。不论异端法官们点燃的篝火把樱花映照得如何美丽，在我看来，那只是因为周围过于黑暗的缘故。盛开的樱花终归要凋落。不是这样的吗？核武器时代的篝火在樱花凋落之前也许将紧紧拥抱地球。在洪水中幸存的诺亚方舟也逃不过劫火的毁灭。最多只能多活几天，等待他们的是死刑。然而，异端法官绝对不会设法给我这个讨厌樱花的人弄一张方舟的船票。

于是，我开始写作以乘坐方舟资格为主题的小说。

戒烟法

　　为什么想吸烟？一旦养成吸烟的习惯以后，为什么戒不掉呢？一般人认为这是一种药物中毒。的确，香烟里含有焦油、尼古丁等有害物质，人们明知这个情况还吸，所以怪不得被视同于酒精中毒、毒品中毒。我长期以来一直断定吸烟的恶习就是尼古丁中毒。但仔细一想，似乎觉得本质上还是有所不同。首先，烟草没有严重的戒断症状。酒精、毒品中毒患者会经常三更半夜跳起来在抽屉、冰箱里到处使劲翻找。但是，即使一小时至少要吸一支烟的重度上瘾者在熟睡中醒来的时候大概也不会首先伸手拿烟，而且也没听说过像毒品、酒精那样引起严重的人格障碍。虽然是癌症、心脏病的诱因之一，但似乎的确没有对精神产生不良的影响。

　　烟民还有一种奇怪的性情，随着习惯的加深，虽然吸烟数量增加，却极少人改吸更刺激的烈性牌子的烟，不如说反而出现改吸柔和的烟的倾向。一旦尝过柔烟的味道后，就会毫不犹豫地开始喜欢。刺激性越强的烟越便宜，越柔和的烟越贵，大概可以说这是巧妙地抓住烟民心理的一种商业策略吧。烟民们需要的是香烟本身，恐怕不是其中所包含的焦油和尼古丁。

我并不是主张吸烟无害论。无论如何，制造纸烟囱，将不完全燃烧的烟草极其有效地吸收进去，即使不是烟叶，应该对健康也没有什么好处。烟民们对这些都非常明白，可还是非吸不可，这就令人觉得不可思议。如果不是药物依赖症，那么想依赖什么呢？这与口渴时对水渴望的情形相似吗？不应该相似。缺水事关生命的维持，缺烟却连断禁症状都不会出现。但是，戒烟一个月以后吸的第一支烟那味道的确妙不可言，或者说这是冰水对于被太阳晒成微温水的效果吧。

为了了解这种奇异的沉湎状态、想吸烟时的心态以及吸烟过程的感觉，有一次，我进行过内省性的观察。我发现吸的不是药物，而似乎是时间。或许可以说试图变质时间。勉强进行比较的话，感觉与咬指甲的习惯相似。所以，比如打电话的时候，会自然而然地伸手拿烟。觉得这香烟就像是代替油灰来填补非自然对话时间的缺失部分。如果是这样的话，那完全是心理因素，只要方法妥当，戒烟就用不着像其他药物依赖症那样经历痛苦。

自我警告吸烟在生理学上的危害、薄荷烟斗等替代品，这些大概都是试图戒烟者使用过而失败的方法吧。既然烟中毒不同于一般的药物中毒，这些自虐式的方法自然只能起反效果。与其一味努力戒烟，不如关注没有存在断禁症状这个事实。总之，我要决定进行挑战。

首先把香烟和平时常用的打火机放在手边，处在随时都可以吸烟的状态。等待吸烟的心情酝酿成熟后，点燃打火机，把火苗靠近烟头。我接着开始思考：现在我想吸烟。如果不吸，会发生某种生理上的不适应吗？如果想吸，马上就可以点烟，但忍住了，经过了两分钟、三分钟。什么地方疼痛吗？经过了四分钟、五分钟。头开始疼痛了吗？胸部苦闷吗？没有。什么都没有。没有发现任何不正常。这是很自然的。因为烟草不会有断禁症状。于是经过了十分钟。如果能坚持十分钟，那就很棒了。不吸烟也过得去这种感觉铭记心底，再过几十分钟又想吸烟的时候，只要想起这种感觉就能坚持下来。于是，吸烟愿望的间隔逐渐拉长。这里需要的只是集中力，无需其他任何努力。通过这个方法，我一个星期、两个星期地持续戒烟。这个方法的特点是：即使别人在旁边吸烟，也毫不感觉受诱惑的刺激。

吸烟的恶习并非生理性的沉溺，不过是语言领域

的心理伪装。如果要起个名字的话，大概就是一种
"语言疗法"吧。通过语言进行心理的内部调整，既可
以通过语言功能的内省进行观察，也是体验人的行为
在如此细微之处是如何受语言构筑、控制的绝好机会。
而且还能戒烟，真可谓一举两得。只是这个方法有一
个缺点：因为戒烟过于简单，吸烟会立即复发。坦白
地告诉大家：我一边写这篇文章，一边已经把几支香
烟消耗成灰。

德黑兰的陀思妥耶夫斯基

　　这是几个月之前的事情。电视的新闻报道中出现遭到空袭的德黑兰街头的画面。沾满鲜血的衬衫碎片、被压瘪的饭盒、一只凉鞋……摄影机在已经分辨不出道路和建筑物的瓦砾堆中慢慢摇过。在这个瞬间，摄影机停下来。停止的画面中出现一本书。接着，摄影机继续转动，书本从画面上消失。

　　那本书相当厚，精装本，从整个封面描绘的头像侧影看，无疑是陀思妥耶夫斯基的侧面像。虽然画面时间不到一秒钟，但富有特征的胡子和额头的侧面让我判断无误。我呆然若失地凝视着画面，那本书的残像依然留在眼前。如同看见在沙漠里游泳的鱼一样出乎意料。从挥动拳头宣誓圣战的形象中难以想象陀思妥耶夫斯基的读者。

　　如同电光石火般唤起我四十三年前那个冬天的记忆。一九四一年十二月八日，日美开战的日子。当时日本也正处在战争之中，我却热衷于阅读陀思妥耶夫斯基，在书中认识他，从图书馆按排列顺序借出他的全集，如饥似渴地阅读。记得我读完《卡拉马佐夫兄弟》的第一卷，正要出门去图书馆还书，并借回第二卷时，忽然看见报纸整版通栏黑底白字大标题"偷袭珍珠港"。但是，对于我来说，最迫切的是担心《卡拉马佐夫兄弟》第二卷会不会已经被别人借走了，感觉日美开战的消息仿佛是遥远世界里的故事。

在严厉的思想管制下，十七岁之前，甚至没有人告诉我还存在着另外的思想，所以对那种怀疑主义感觉无比的新鲜。拒绝一切归属，践踏所有仪式和约定，不顾一切地朝着毁灭迅跑的小说中的人物比任何爱国思想都充满魅力，反映出他们昂扬的灵魂。

仔细一想，这对打算集结全力贯彻意志的国家来说是一种多么棘手的瘟疫。这是必须采取严格的检疫措施、彻底消灭的害虫文学。正如洛伦兹通过对动物行为的观察所阐明的那样，为了让所属集体的全体成员对一种信号做出完全相同的反应，事先对反应规定模式似乎更具效果。就是说，通过模式化固定下来。对动物如此，对人也是如此。只是人与动物的不同点在于人不仅从刺激信号中获得物和事，还可以利用数码符号，即语言。当然，人通过语言的获得拿到手的不只是控制集体行为的能力，莫如说切断了极其精巧却死板僵化的动物行为的"封闭程序"，掌握了个人分别反应的"开放程序"的钥匙。由于掌握了语言这把个别化的钥匙，人就可以将"群体"结构化，完成复杂的社会化。

然而，同时由于加强仪式所产生的反馈，也必须加大舵的稳定性。随着个别化所造成的社会进一步分化，仪式的数量和种类也正在增加。从冠婚葬祭到学校的仪式活动，各种不同场合的礼仪、服装，向同辈人及其所属集体炫耀的徽章以及发型，国际性体育比赛会场上迎风飘扬的五彩缤纷的国旗以及国歌演奏，在国家运动会和高中棒球赛开幕式上运动员代表那令人感觉被掐着脖子如临死前猫的惨叫般声嘶力竭的宣誓，还有令人难以置信的各种企业千奇百怪的军队式早会、明显违宪的向神坛参拜的义务……以及凌驾这一切之上的各种各样的国家仪式。

"仪式化"原本应该是和"个别化"配套销售的捆绑搭配商品。然而，这种约定实际上已经名存实亡。"群体"的最终形态即国家进入成熟期，由于体重的增加，即使想像蛇、螃蟹那样蜕皮蜕壳，其实对蛾变成蝴蝶那样的真正蜕皮还是显示出拒绝反应，所以可以说现在仪式一味庞大是自然而然的趋势。个别化如今不过是塑料制的生鱼片配料。因为它的粗野的自由意志、归属愿望是远胜于它的适应时代的美德的。上从宰相对仪式的喜好，下至自我表演的年轻人对祭典的喜好，现实中的一切都充满由仪式进行立体构成的拼图游戏的热闹。而且，电视的类概念化加速疑似集体的形成。每个人坐在小小的显像管前面，可以孤独地体验同时笑同时哭的大疑似集体的感觉。这是过剩仪式的慢性中毒症。即使针对正式参拜靖国神社、鼓励中小学升太阳旗唱国歌等的批判，也仅仅是质疑违宪，几乎看不到从否定国家仪式本身这个观点所展开的批判。看来不能不认为中毒症状相当严重。

正因为如此，德黑兰的陀思妥耶夫斯基才具有震撼性的意义。

还没有令人完全绝望。有根据将德黑兰瓦砾中的陀思妥耶夫斯基视为语言所具有的自然治愈力的象征。

巴甫洛夫提出语言也许属于比一般的条件反射更高一层的人所固有的条件反射的设想。其含义大概是一般条件反射的积分值。虽然没有听说他的假设后来得到实验性的验证，但无疑是卓越的预见。比起积分值，我更愿意支持"数码转换"这个观点，但大脑生理学应该终将阐明、解开这个真相。而且，这个数码转换的构造可能就是乔姆斯基所说的已经组合在遗传基因里的"普遍语法"。这个应该称为"符号的符号"的新信息的获得使人的行为程序转变成开放性的。如果是这样的话，语言能力中，使"个别化""例外行为"成为可能的功能，不是比催生"群体化"并以"仪式化"加以固定的作用更应该受到重视吗？

　　的确，在评判一个人是"怪人"的时候，有时也多少包含着对他的敬意。这是"怪人"应该被认可这一认识在生活经验中已经产生作用的证据。然而，"怪人"终究是从仪式中被排挤出来的人。不能与步调不一致的士兵共同行走前进。对于结构的复杂化、臃肿化几乎到达极限的现代社会来说，首先是秩序的安全保障。不言而喻，"知道芋头应该洗了以后再吃"的"怪人"，这种小猴仔当然不如"连泥带土一起吃下去也不会坏肚子"的老猴子可靠。最让人头疼的就是不认为国家是"群体"的最终形态，还继续梦想更高形式的这种"怪人"的存在。国家的最大危机并非来自其他国家的武力攻击，而是国家仪式的大伽蓝从基础上开始崩溃。强化仪式一直是最优先的课题。尽管如此，似乎经过事先布置的一样，为什么仪式愿望还是开始渗透进日常的生活里去了呢？欺负"怪人"甚至已经蔓延到义务教育的教室里。电视台在报道这类事件时，总是选择那些放声痛哭的死者遗属，发出他们的声音。大体上不直面社会的文艺杂志，乃至举着前卫艺术的旗子的小剧场，得意扬扬地炫耀着歌唱萨满那如煮旧抹布般的祈祷。

的确不可否认，仪式是保护日常免遭纠纷的稳定剂。没有仪式的"群体"容易产生恐慌。驱除暴徒的警察的威力未必只是催泪弹和水龙头，应该多是那一身仪式的铠甲。过剩的仪式的标本是监狱和军队，但即便如此，例如圣职者通过仪式自愿选择受拘束的生活，黑社会按照自己的意志遵从任侠之道。庄严举行的仪式往往会刺激泪腺，产生净化作用。例如婚礼就具有通过仪式将原本是外人不应介入的男女性结合加以社会化的功能。葬礼也是如此，这是人为了处理突然变质为尸体——这个棘手的、形而下存在的人格——所不可缺少的仪式。

一个职业魔术师说过这样有意思的话：对孩子表演魔术没劲儿。自己努力表演高难度的空中浮游，大人们都知道现实中根本不可能发生这种现象，但孩子们只是惊讶得目瞪口呆。魔术师追求的不是信仰，而是当时的疑似性"群体化"。仪式的有效性大概也与此相似。只要和"个别化"配套销售，作为紧张缓和剂的处方，其价值也受到认可，但自我目的化的仪式信仰只是煽动"搜捕女巫"的冲动。

当然，当作家热衷于仪式信仰的时候，不是不能理解其中包含有为了对抗来自上面的仪式而从下面举行仪式的想法。我若是南非的黑人，大概也会讴歌对立仪式的典礼。为了否定一种"仪式"而将另外的"仪式"正当化，我们认可这也是作家的工作吗？显然，掌握权力的革命军如同蜕壳以后又长出完全相同甲壳的螃蟹一样，终归要制定新国家的仪式。作为作家，难道不应该无惧于被称为"异端分子"而无条件地、持续不断地对仪式提出异议吗？这会被人认为是散文精神的原则。即使没有具体目标，哪怕只有与濒临死亡的语言相依为伴、共尝呼吸困难之苦的候选守墓人也很正常。

我再次向陀思妥耶夫斯基的永恒性脱帽致意。我还顺便期待在以色列的军营里掉落一本卡夫卡的书。对内阁成员正式参拜靖国神社感到不快，即使只有来自中国的抗议，这并非因为事关军国思想，而是因为它变本加厉地露骨地强化国家仪式。然而，绝望还为时过早。以蟑螂或者老鼠般的忍耐术深深侵入仪式的废墟内部筑巢的语言守墓人的影子已经从电视新闻的画面上掠过。不论在哪个角落，只要有厌恶仪式的手在触摸，那就是真切存在着希望的感触。

无锚方舟的时代

——今天打算了解一下安部先生的近况以及正在创作的小说等有关事宜。

安部：突然间发困了。我今天早晨五点开始工作，现在这个时候正是午睡的时间。

——平时几点起床？

安部：不一定。

——完全是看工作情况吗？

安部：一般地说，感觉偷懒的时候就得熬夜。

——这么说，这一阵子没熬夜。说明没有偷懒啊。

安部：我可是很勤快的（笑）。也许可以这么说吧，不熬夜的时候，说明工作上了轨道，很顺利。夜间适合做赶时间的活儿，但早晨可以用广角镜头观察事物。

——工作没上轨道的时候，就熬夜吗？

安部：这个企业秘密还是不公开为好啊。

——听说您使用文字处理机，工作效率立竿见影，又很干净，心情一定很愉快吧。

安部：心情没什么特别不好（笑）。只是复杂的工作的确变得优雅起来。不是我装腔作势故意说"优雅"。数学、物理方程式彻底解答出来时我就这么形容心情的。就是这次采访，我也希望使用文字处理机的软盘，固然节约时间，更因为做出来的东西很优雅。（事实上，这次采访的速记也是用软盘寄给我，我在文字处理机上修改的。虽然不能保证产品一定很优雅，但的确操作方便，修改迅速。）

——打字与手写本质上的差别是什么？

安部：本质上没什么差别吧。文字处理机不是书写的机器，而是校对的机器。就是说，操纵两根缰绳简单，但操纵十根缰绳就难免混乱。文字处理机将操作方法规律化，在思考的同时可以输入的条件和信息量随之增加，可以集中进行细致的工作。

——到这么熟练的程度，花了很长时间吗？

安部：我在文字处理机的看似视窗的地方大概观察了一个小时吧。其他的就不说了，否则有自吹自擂之嫌（笑）。

——好像有人掌握得了，有人掌握不了。

安部：这不是天分的问题，而是要求度。这就像骑自行车。没骑之前觉得很难，其实谁都能骑。文字处理机从一开始就能看到文章清样，这很方便。

——要是手写，还是有自己的什么东西附着在上面，难以对象化吧？

安部：通过铅字阅读难以抓住节奏。因为最终交给读者的就是铅字。有时候不去介意这些字句，扔在一旁，想看一看别人写的小说，提起精神一口气看下去，虽然做过各种努力，但还是感觉抓不住节奏。怎么说呢……不如说反而受到了书写节奏的羁绊。也许这么说是正确的。就像手指和手腕的节奏，那大概是说话的节奏。可以说是我一开始写作就抹掉的表达方式的节奏吧，是一种语言的节拍。……将小说的语言视为工具就可以了。本来，散文就应该是彻底的道具。如果沉溺于节拍，就会陷入副词过剩症。

——您把自己的文章如此客体化，是因为作家可以不必沉溺于自己的文章吗？

安部：不好意思（笑）。

——是吗？

安部：沉溺的人越来越沉溺下去。

——沉溺的人不适宜使用文字处理机吧。一般地说，不是变得不容易沉溺吗？

安部：使用文字处理机后，感觉各自的倾向被夸大了。喜欢唱歌的作家变得越来越爱唱了。

——噢。这一点我有点误解了。

我出生在"满洲"的奉天，曾经和您呼吸过同一个地方的空气。我想和您谈一谈"满洲"的一些事情。

安部：你待到什么时候？

——战后撤回来。

安部：那相当长啊。

——嗯。我是昭和二十年出生的。

安部：昭和十五年……战争结束是昭和二十年……

——那一年有纪元 2600 年 ① 的祭典。

安部：什么啊，你还是小孩子啊。

——不过，回来时候的感觉，还有躲在防空洞里炸弹就落在旁边这些事还记得。

安部：在奉天？

——嗯。

安部：奉天也扔炸弹了？

——扔了。

安部：是嘛。你这么一说，我好像也听说扔过一次炸弹。那你的家是在车站对面的铁西那边？

---

① 纪元，日本指明治五年（1872）将神武天皇即位之年定为纪元元年，相当于公元前 660 年。

——不，听说我生在桥立町。

安部：啊，是有这个名字的町。离车站越近，地名起得越响亮。

——我父亲在"满铁"工作。

安部：炸弹扔在那一带？

——我记得家里是左右对开的两扇窗子，还糊上窗户纸了，啪的一下子被震开了。

安部：那是扔在你家附近。

——小孩子的记忆，地面上出现一个钵状的窟窿，好像里面有一个金属把手一样的东西。

安部：这不是有真实体会吗？

——说起来是个人的事情，我是在北海道长大的。

安部：你怎么好像跟我学的啊（笑）……北海道的哪里？

——那个町名叫月形，以前桦户监狱就在那里。

安部：月形，这名字好……在哪里来着？

——从札幌北上，大概一个半小时，石狩川的一个町。

安部：是在旭川旁边吗？

——不到旭川，在札幌和泷川之间。从札幌坐函馆干线绕到岩见泽，过了以后才是旭川。

安部先生从爷爷、奶奶那一辈开始就住在北海道的旭川吗？

安部：上川郡近文东鹰栖村，过去好像叫"オ・サラ・ペツ（o-sara-pet）"。[①]后来编入旭川市，就叫旭川。

——过去是在哪里？

安部：对了。北海道人都有"过去"。好像是四国。

——您没去过吗？

安部：一无所知。谁也没有对我说过。这是北海道人的特点吧，不愿意谈论往事。每个人身上一定都有太多的旧伤。所以，我也不问。

——这么说，这些谜团，至今还不清楚。

安部：我母亲是德岛人，父亲是香川人，没什么大不了的谜团，祖先也不是值得深入研究的家族，只是那么远跑到偏僻的北海道去开垦。

——您对北海道有什么回忆吗？

安部：说起来，战前和战后分别居住过一两年。

——就是居住吗？也干过活儿吗？

安部：没有。第一次那时候，父亲在匈牙利留学，我读小学二年级。

---

① オ・サラ・ペツ，阿伊努语。流经鹰栖町，在旭川市边界附近与石狩川汇合的河流。意为"川尻开放的河流"。

——北海道的水土风俗对您的成长有什么影响吗？

安部：嗯。水土应该没什么，主要还是父母亲的生活感觉……因为祖辈都在石狩川的深山老林里开垦原始森林，所以性格很顽强。在社会落伍者中，父母亲的祖父母辈都应该是成功者。不大不小的地主，到土地解放的时候，发展成大地主。父亲是长子，但还是离家走了，跑到"满洲"。母亲因为参加学生运动，从御茶水中学退学。后来父亲当上医生，这也算是成功者吧。感觉那做派真像个中产阶级，性格温文尔雅。不过，客观地说，也许是一个性格顽强的人，或者说是被迫顽强起来的。

——是这样的。我的祖父母最终也还是从北海道去了"满洲"。

安部：走的路很相似。

——那时人们是怎么想的？

安部：说到底，还是时代的问题。那些人没有什么自豪得必须维系下去的宗祖，在任何时代都只是重复同样的生存状态。但那个时代可以给这些落魄者提供一个去处。说得好听一点，就是新天地。其实呢，就是殖民地。这些从未听说过自己祖宗有多么了不起的孩子，自己不也就可以无所顾忌地走出去吗？

——听我的祖父母说，当时的政策是大张旗鼓地宣传去北海道。

安部：这就是所谓的新天地。

——是这样的。我出生在"满洲医科大学"附属医院……

安部：我父亲就在那家医院。

——好像是。

安部：后来进了"满铁"。

——您自己写的年谱成为所有文章的原点，不过还有各种谜团没有解开。

安部：算了。过不久我想写一份更加胡说八道的年谱。自吹自擂祖宗总觉得有点可怕。

——也许吧。不过，比如，单纯地考虑一下，北海道很冷，"满洲"也很冷，这二者有什么关系吗？

安部：可是，热的时候也很热的啊。

——噢，那是。特别是寒冷。……那时候我还是小孩子，所以可能只留下寒冷的印象。

安部：那不可能。因为都有取暖设备啊。

——家里有，俄式壁炉什么的。

安部：对不起对不起，我尽吹毛求疵的……学校里还是很冷的。

——是的。

安部：气温一降到零下二十多度，小学就不上课。那时候真的想发明一种戴上去可以倒着走的眼镜。因为顶着风走太难受了，眼镜、鼻子都冻住了。要说体验的特殊性的话，我觉得是小学课本。就是说，我亲眼看到的景色就是一望无际的单调的大平原，一直看到地平线。

——看见太阳从地平线上升起来……

安部：不，我没起那么早，只看见太阳落下去。可是，学校里使用的是日本的课本。日本教科书里描写的景色都是家后面有山有河。

——那山也只能是追兔子的小山坡……（笑）

安部：是啊。有山涧、小溪流水，鱼儿在水里游来游去。这么说来，这边就只能是陷入自卑感了。那就是梦幻里的风景，是一种憧憬。打开窗户就能看见青山绿水，简直就像是巧克力盒子上的绘画。

——反过来说是这么回事。

安部：你刚才说到寒冷，可是夏天也是酷热的。其实沙漠化很严重，学校旁边都已经开始沙漠化了。温差非常大，给我留下深刻印象的还是春天的来临，春天不是慢慢来临，而是有一天突然来了。这"有一天"的前兆就是在完全枯干——其实就是在连一根枯草也没有的、冻结的地面裂缝里露出一抹绿色。这就是信息，我蹲在地上，久久地目不转睛地看着。那是鲜明的记忆。日本人经常自我夸耀是对四季变化特别敏感的民族。这怎么说呢？世界上有对季节没有情感的民族吗？也许是我的自卑情结，我听到这样的话，总觉得浑身起鸡皮疙瘩，为说这话的人感到羞耻。我想，其实日本人的季节感是很迟钝的。但为了平平安安地进行农业生产，认为必须将暧昧的季节明确清晰起来，于是大谈特谈季节。日本可以炫耀的就是季节论，不是季节感。

——听您刚才这么一说，要说我在北海道的体验，还是在积雪大部分融化以后，从雪底下突然间冒出水仙来。

安部：北海道还有四季的感觉。不过，"满洲"那个地方连雪都没有了。

——好像是这样。

安部：所以很羡慕堆雪人。偶尔也下一场雪，可是跟沙子似的松散，捏不起来。怎么才能堆雪人呢？这在孩子心里成了一个谜。就在这什么也没有的环境里长大的。

——这么说，就是通过模式化的日本虚像培养自己的想象力。

安部：是的。不过，不仅"满洲"是这样，住在那样的地方，无论是谁，都会有相似的体验。美国也好，欧洲也好，只要在大陆内地的平原地带长大，不都对大海、山脉有一种特殊的幻想吗？

——您说小时候在"满洲"几乎每天都去旧市街探险，那是怎么回事？

安部：其实也算不上探险。不过，现在回想起来，自己竟然经常去那样的地方。

——那地方有什么危险吗？

安部：没有。我没有遇到过。也没有听说有危险。不过，现在想起来，有危险也不奇怪。那完全是靠关东军的刺刀维持的虚有其表的平稳。

——冒险意识有没有什么背景？

安部：那是有的。鲜红的美人蕉，可爱的白俄少女，在街头变魔术卖艺的中国人，这些浪漫的表面其实都是殖民地统治民族制造出来的面具。我当时是小孩子，要说这样的面具对我没有魅力，那是撒谎。大致上说，"满洲国"成立之前，说是铁道商埠地，"南满铁路"沿线，都有治外法权。在刺刀构筑起来的栅栏里边，日本人有权有势，中国的法律力所不及。原则上说，要是在外面被杀死，也无话可说。

——就跟"国境"差不多。

安部：我上小学之前的事。关东军和共产党的游击队在附近打仗，流弹飞到院子里。邻居后来去打仗的地方，捡回来一把刀送给我，说是"共匪"的。依靠军队控制的殖民地不可能有真正的安全。

——您没有感觉到一些不可思议的、神秘的东西吗？

安部：呀，古老的城市里，像蘑菇生长出来那样，一种不正常的、自然发生的感觉。

——是所谓那种群生的吧……

安部：嗯。古老的城墙外面，住宅像牡蛎一样粘连着，屋上有屋，层层叠叠，其间道路弯弯曲曲，令人觉得这迷宫般道路的尽头一定会有什么神秘的东西，怀有一种期待感。

——这完全是迷宫的魅力啊。

安部：是啊。可以说是巴洛克式的怪异。

——那种印象至今还历历在目吗？

安部：现在偶尔还会梦见。不过，与罗曼蒂克的乡愁基本无缘。我不理解那些还在怀念、回忆"满洲"往事的人的心情。对于被殖民地统治的人们的内心，他们缺少想象力。我小时候，教育的大方针是给我们灌输"五族协和"的理念。当然同时也反复教导我们日本人优越这样充满矛盾的教义。一方面由于自己的性格，另一方面也由于父亲是一个世界语学者、国际主义者，所以最终选择"五族协和"的精神。但是，从国内过来的日本人横行霸道。例如坐火车，看见中国人、朝鲜人坐在座位上，就用脚踢他们，要他们站起来，不许他们坐。连我最后都未能从统治民族的博爱主义迈出一步，却只让我记住对民族主义的厌恶。我在路上见过警察拷打中国人，还看到在火车即将进入奉天市的河滩上摆放着一排所谓"土匪"的头颅，令我震惊。

教育的矛盾也许是没有好的反面教员，对教科书问题也许没有必要那么神经紧张。学校的教师动不动把"你们这些没出息的家伙，看看内地的孩子……"挂在嘴边，于是我打心眼里相信内地的孩子真的很了不起。同时因为是"五族协和"，难免会有摩擦。当然没有理解殖民地的本质，只是让他们提供给我们将来可以予以理解的很多信息和数据。最近经常听到有人议论南北问题、发展中国家和发达国家等问题，我开始觉得，这些归根结底都是没有解决殖民地统治国和被统治国的对立问题的延续。

——您从自己的切身感受谈到国际形势，希望详细予以阐述。

安部：我真正想谈的其实并非国际形势，更是一般性的权力机制问题。可是总觉得要把殖民主义的推行与欧洲文艺复兴加以对应比较。从文艺复兴到产业革命的发展进程中，权力随着近代国家的逐步形成加紧集中。在欧洲，分裂和统治如推土机一样勇往直前。这是从王权向国家权力的转移，同时生产效率迅速提高。因为王权与国权的效率差距就如同马与火车头一样。来自国外的掠夺也在变本加厉，它们一方面在本国推行民权，另一方面却在外国试图持续制造奴隶。

前些日子电视台在播放什么大航海时代富有浪漫性的特别节目，但那不是与抢掠农耕一样的野蛮的殖民地掠夺吗？骇人听闻的第一阶段殖民地时代，那是因为执行斩尽杀绝的政策，杀人者像玩电子游戏一样兴趣盎然，而被杀者就绝不会觉得富有浪漫性。掠夺的成果短期内见效，但很快就会枯竭。这是过去西班牙的做法，不可能持续下去。结果入侵者就像退潮后河滩上的寄居蟹一样干涸，自取灭亡。现在的中南美就是典型的例子。

——那是自取灭亡吗？

安部：对，自取灭亡。加害者只是把面具翻过来就变成了受害者。现在几乎所有国家的政治家、权势者不都是白人吗？可是居然还恬不知耻地高举着"我们的文化传统上溯到印加文明"这样的漫画般的口号。

我这不是人种偏见，只是单纯地揭露事实。在这样的土壤中培育出来的是中南美文学，关于这一点我在下面还会阐述，现在来思考一下接踵而来的英法式的殖民地形式。极其合理，也极富效率，就是播种、收获这种永久性的体系。在人的方面，就是彻底的奴隶再生产机器。所以，可以说，第二期的殖民地掠夺远比以前的掠夺时代更加深深地扎根。被掠夺国所受的创伤之深可能比斩尽杀绝政策有过之而无不及。这种具有组织体系的殖民地政策的牺牲者还是亚洲居多。非洲则是从更早以前就一直遭受掠夺，所以这怎么说呢，这不在讨论之列，中南美岂能与之相比？

最终世界分为殖民地统治国和被统治国这两大类。欧洲虽也有没有大张旗鼓地进行过殖民统治的国家，但那也都是从强大的殖民地统治国分得一点残羹剩饭的周边国家。可是，日本为什么没有被殖民地化呢？从地缘政治学的角度来看，日本位于亚洲的边上，理应成为侵略的对象，可为什么免遭统治呢？是偶然还是必然姑且不论，日本大概是亚洲唯一未被殖民地化的国家。

所以，如果要说日本的特殊性，就不是什么文化啊、风土啊这些传统，而是终于逃脱殖民地化这一劫。

——总之，这是偶然的结果吗？

安部：如果是意识到必然的偶然，那还是可以说是偶然。我想说的是，任何国家，只要躲过殖民地化的命运，就可能走与日本同样的道路。日本人在这个问题上的迟钝感觉与西方人如出一辙。所以日本的电视台还转播葡萄牙的大航海时代的庆典，配上极富浪漫性的解说词，与东西方文化交流什么的扯到一起，给他们鼓掌。这岂是文化交流，他们都是差一点就成为让日本殖民地化的先头部队。那个大航海时代的轮船非常可怕，如同狮子闯进赤身裸体的孩子群里一般。

由于运气好没有被吃掉的日本这个小孩子奋起直追，终于完成了欧式近代化，挤进殖民地统治国的行列。但是，由于日本晚于其他列强成为殖民地统治国，利益都已经被他们吸干榨净，日本只能采取依靠战争进行掠夺这种极其拙劣的手段。

我想，所谓发展中国家没有可值一看的文学，归根结底还是殖民地政策造成的结果。有人主张发展中国家有文学，诞生了本民族的优秀文学，但我不这么认为。至少从世界文学，或者说从现代文学的标准来看，没有足以称为文学的文学。

反过来说，也可以说现代文学已经完蛋。我不是说运用西方方式进行创作不行，而是说因为它建立在殖民主义的基础上，这不行。甚至是站在反殖民主义思想的立场上创作的作品，也只能在以殖民地经济为基础的国家里诞生。没有靡菲斯特菲勒士，哪有浮士德？

殖民地掠夺的一个特点首先在于教育的极端封闭性。不仅把被统治民族前后左右地四分五裂，还上下割断阻隔。在强力推行愚民政策的同时，努力培养统治愚民的专职管理人员。这其中的确也会产生作家，但都是留学伦敦、哈佛毕业之类，用英语、法语写作。

——泰戈尔也是这样吧。

安部：不，用什么语写作倒无所谓。只是这样的作家还能视其为属于出生国的作家吗？这种种族主义有点可疑，反正我是不信的。称为印度裔英国作家、马来裔美国作家不是很好吗？美国人当然是这样的感觉，日本人极少有这样的感觉，所以产生发展中国家也有作家这样的错觉，而且还摆出一副维护正义的面孔。不过，没有读者，也就没有作家。不诞生读者，也就不会有作家。对吧？

但是，韩国开始诞生现代文学的作家。尽管遭受过日本的殖民地统治。这是为什么呢？我这么说，大概会引起愤怒，所以只是一种假设：就是日本的殖民地化掠夺方法十分拙劣，只是使用暴力威胁，而没有从根本上扼杀教育的生命。

——如果韩国是这样的话，那么对中国也可以这么说吗？

安部：中国在日本之前遭受英法殖民地的干涉，深受其害。但是，中国有优秀的作家。光诞生一个鲁迅就很了不起。鲁迅无疑完全是一个现代作家。他留学日本，可能在日本接触到文学，但可以说他是一个地地道道的中国作家。他在中国有读者。中国遭受英法等国有组织的干涉，为什么能坚持下来？因为这是一个庞大的国家，而且英法还是没有来得及插手教育。

——就是说，连英法都没能彻底掠夺吗？

安部：中南美文学，情况又有所不同。被统治民族遭受的是敲骨吸髓般的掠夺，现在写作的都是统治民族的后裔。这是统治者和被统治者同归于尽、融合为"汞齐"的少有的例子。我不想把人区分为有色人种和白人，可是全部作家竟都是白人。而且，当我听到只会西班牙语的大学教授高谈阔论我们的传统是玛雅文化的时候，实在感觉怒上心头。为什么还需要这种显而易见的伪民族主义（大义名分）呢？

当然，现在的中南美文学中也有令人瞩目的作品。但是，我重复一遍，那不是所谓的第三世界的文学。我想，那完全是现代这个时代（即超越地区性）的文学。作品内容具有相当浓厚的地方色彩，文体的凝练也是出类拔萃，比美国、欧洲的现代文学更具有现代性。我想这是什么缘故呢？我有我的各种思考。有人认为中南美还存在着现代已经丧失的非合理性、幻想以及故事，所以使得触及人类源头的构思成为可能，但我对此表示反对。现在中南美作家的根不就是在战前巴黎那一带吗？战前的巴黎，与其说充满法国风情，不如说更是流亡者文化的聚集地，也与以前的魏玛文化互通。那个时代，犹太作家辈出，在文化尺度上确立国际性视点极为重要。被斯大林驱逐、被希特勒驱逐、被弗朗哥驱逐出境的新价值探索者们聚集在一起，共同为"炖火锅"添薪加柴。

美术、电影领域不是在更早的时期就已经被煮透、端上饭桌了吗？超现实主义运动就是代表性的例子。但是，文学这道菜很难煮透，需要长时间地慢慢熬。等到第二次世界大战结束以后，经由巴黎回国的西班牙人流亡者文化才终于开出鲜艳的花朵。

中南美文学就像是 1930 年左右种植下去后收获的橱窗，可以与犹太裔作家比肩媲美，所以能够跨越国界，打动人心。

曾获过诺贝尔文学奖的卡内蒂，就是从那个地方产生出来的杰出的精神。这是令人震撼的强韧精神。他原来是葡萄牙裔还是西班牙裔的犹太人，好像生在南斯拉夫还是保加利亚，在瑞士长大，留学德国，后来居住在英国，用德语写作，条件齐全。但民族主义这东西真是意想不到的强悍的野兽。

——请再详细谈一谈卡内蒂。

安部：那种令人惧怕的沉着稳重的教养，这个作家可以说是从地方文学向世界文学过渡的变革时期的象征。好像他是世界上第一个评论卡夫卡的。他和卡夫卡都是孤独的作家。在社会上还没有名气的卡内蒂不停地撰写关于在社会上还没有名气的卡夫卡的评论。我感觉他有点过于孤独。

——似乎有人也把您本人称为无国籍作家。

安部：我还希望听见他们多说几句，可他们不再说了（笑）。

——刚才关于中南美文学的论点也可以理解为您是在谈论自己……

安部：是啊。说我无国籍，我能笑呵呵，这还是和平时期。所以我尊敬鲁迅。他在《青年必读书》这篇文章中劝青年不要读中国小说，而要读翻译的外国小说。在当时中国的环境下，鲁迅说这样的话需要相当的勇气。弄不好，就有被当作无国籍者对待的危险。因为那时正是民族主义盛行的时期。

算是审讯异己者吧，清洗异己的方法，给对方贴上无国籍者的标签最为有效。

——是这样的。

安部：因为不清楚里面的东西，所以有效。就像中药。只要谴责某个人是无国籍者，谴责者就能成为爱国者。

——这是"村八分"的逻辑。从您的谈话中，我觉得您的思想里包含着对共同体原理的强烈排斥精神。

安部：我自己也这么想。不只是我一个人，从某种程度上说，这不是任何人都具有的普遍性倾向吗？所谓共同体原理，就是在形成原理之前就已经植入我们遗传基因里的性向，同时拒绝共同体的性向也已经植入遗传基因里。截然相反的两种性向在自己的体内互相争持对抗。根据不同条件，其中一方显露出来。就是说，势力范围的形成在生物学上有时起正作用，有时起反作用。

黑猩猩、大猩猩与人相比，虽然出于同一个祖先，但好像很少有破坏势力范围的冲动。人的破坏、脱离、跳出势力范围的性向大概比较强烈。人离老鼠比离黑猩猩更近。地面上三大异常繁殖生物，就是蟑螂、老鼠和人（笑）。这不是思想，只是单纯地遗传基因组合的倾向，将拒绝巢穴的因子组合进去。但是，人类文化发展到某个阶段，农耕与游牧就分离开来，迎来了从量的繁殖进入质的发展的转变期。这样，文化就必须控制遗传基因。这完全是一场文化革命。

农耕首先必须定居在土地上，于是势力范围的概念极其迅速地……原本就是潜藏在遗传基因里的性向——随着条件的成熟被呼唤出来，作为集体在接受保护、保障的过程中，逐渐加强、固定下来。然后，自己所属的土地产生乡土的观念，伦理道德发挥强大的功能。而从成为伦理道德的归属观念跳一步就上升为爱国心。

但是，游牧民似乎没有严格的国境概念。因为没有国家概念，只要纳税，谁愿意去哪儿一般不会受到指责。因此有人提出这就是丝绸之路由来的观点。可是，对于农耕民来说，外来者就是侵犯者。不容许他们破坏势力范围。两种文化经过较量，不言而喻，具有强烈的势力范围意识、可以使共同体内部的结构更加复杂化的文化必定获胜。农耕文化成为主流可以说是历史的必然吧。但不会善罢甘休，绝对无法认为国境有如神一样的存在。

——听您刚才一席话，我深感"满洲"的体验深深扎根在您的心中。可以说这就是以《野兽们奔向故乡》为代表的"分界线上"的思考吗？

安部：我不想拘泥于风土，不过，也许给我提供了足够的构思题材。

——可是，您不具备受拘泥的特性吗?

安部：终归只能失去的东西，或者作为乡愁，或者作为本来就不存在的东西讲述，只能二者择一。

——噢，我很明白。您用这个观点如何看最近的世界形势?

安部：所以说，在第二次世界大战之前，有专吃派的国家，也有变成派专被别人吃的国家。

——分工明确。

安部：战后逐渐发生变化，装作没吃的样子，实际上在吃。狼吞虎咽，还是感觉没有礼貌。但是，吃东西的仍然还是以前的旧殖民地统治国。

——旧殖民地统治国依然专横威风。

安部：创伤太深。这次他们说："我们不要全部的派，和你们四六分吧。"其实他们已经身染重症，面对这么多派，也无法全部咽下去。一小撮统治阶级和王族，或者独裁者无法从民众的无知愚昧中自己感觉疼痛。殖民地主义者亲手培养的病灶将会继续生存下去。那些产油国，现金收入应该很多，但健康状态十分糟糕。弄不好，那也许就是一两百年都治不好的创伤。

——也可能是癌症吗?

安部：嗯。如果真有心的话，也许只有日本人能够理解双方的立场。不，还是不行吧。就一个教科书问题，就弄成那个样子。如果深追下去的话，也许真的藏着解决现代所面临的问题的钥匙。

——的确，您要不说，我都几乎忘了。全体国民不是得意忘形吗？作为经济大国登上了国际社会。

安部：日本就像一个活证人，证明战败的创伤要比被殖民地统治的创伤轻得多。

——这就是被掠夺的一方，刚才也说到的那些国民，人们具有可以意识化的能力的问题嘛，这与教育的问题密切相关。

安部：是这样。因为这脚镣只能靠自己解开卸下来，但如果太坚固，自己卸不下来，那就要一直不停地追究上脚镣这个责任，直至解开为止。

——听您刚才说的话，我忽然想起来一部电影《以牙还牙》——您也创作电影剧本。按您刚才的话衡量，那就是部明确描写被统治者绝不向统治者妥协屈服的作品。

安部：是这样的。

——哦，那是文学吧，有原作。我看的是电影。您说应该多出那样的作品吗？

安部：结果也还是不行吧。因为说了以后会引起已经赎罪的错觉。

——的确如此。

安部：现在需要的是他们成为现代文学的读者。我没有夸大评价现代文学的意思，但至少不能光是民俗技艺。我想，对那些国家的人们来说，现代并不是可有可无，他们也不是光知道和大象玩耍就行了。

——是的。我非常理解您的构想。在这个构想中，您怎么看现在的日本所扮演的角色，或者说最终扮演的角色？

安部：这不是相当怪异的吗？如果让我反过来说，说点带刺儿的话，那就是虽然日本人一口咬定自己是西方的一员，可是在西方人眼里，你究竟还是有色人种。我想，西方人难以彻底从有色人种是被统治民族这个概念中摆脱出来。所以，归根结底，东方是东方，西方是西方。不过，东西方可以做生意，因此，还是别白费力气地搞什么相互理解。用不着相互理解。只要生意能做成，这是……你知道……是数字的事情，可以做生意吧。这就行了。硬是要相互理解，反而会吵架。互不理睬，自己干自己的，不是很好吗？但只是经济上的交易，这个生意要一起做。这样就不会吵起来。我要是欧洲人，我就这么说。当然是好意提出来的意见。日本人又趁势而上，要是叫唤什么东方西方的，这正中对方的下怀。为什么日本人就不会说没有东方也没有西方这样的话呢？非要坚持说"呀，还是东方的什么……"这类话。如今，当使用"东方"这个括弧把什么东西限制起来的瞬间，会发生什么呢？大概只会是把殖民地主义者和殖民地原住民区分开来吧。

所以，说什么禅在美国流行，这根本谈不上对东方的理解，不过是纯粹的文化虚无主义。这和印度的冥想一个样。人家在肚子里偷着乐呢，那玩意儿就是为了赚钱。印度哪有什么冥想啊。

——继续阐述有关国际的话题，不过请把目光转到身边的问题上来。

例如您写了一本《通往都市的回路》，如果把视线转向这样的市街、这样的都市，您会看到什么？

安部：这让我为难，我看到的还是同样的构图。归根到底，就是疏远的构造。犹太式的象征。包括欧洲人在内，如果回忆起盘踞我们体内的病灶、伤害被统治民族时候飞溅的鲜血，我们只能凝视心中的犹太人。这个时候的"犹太式"是"以色列式"的相反概念，所以请不要误解。我从这个意义上提的"城市"，指的是包括我们无法克服的否定性一面在内的、不能无视的场所。

——日本有一个政治家，名叫田中角荣，这个人也许有点与众不同，他要把新干线修到新潟县非常偏僻的地方去。这和您刚才的话有什么关联吗？

安部：我认为田中角荣是一个非常率性的、没有战略性的战术家。

——啊，是这样。这个看法很有意思。

安部：他在权力的运用上不是很出色吗？可是他毫无真正意义上的政治性。不过，竟然被厚颜无耻地骗到那个地步，也是大家始料未及的。

——在大家还摸不着头脑发愣的时候就被骗了……

安部：大概谁也不会认为他毫无战略眼光，所以对棋步的判断失误。所谓的田中派，只有金钱和人数，政治性倾向格外差。

——您怎么看田中现象？

安部：这的确有政治伦理的问题。不过，深入思考一下，还真是一个难题。满不在乎地受贿的政治无能者与在金钱上基本干净的法西斯分子，究竟哪一个是无害的政治家？（笑）日本人大致对贿赂没有太严厉的感觉。

——噢，我觉得没有。我在学校工作过很长时间，初高中的时候，也许觉得馈赠和贿赂不一样。学生家长的馈赠有的非常厉害（笑）。

安部：是吧。田中角荣本人大概也觉得"这是怎么啦？我并没有做什么坏事啊，奇了怪了……"

——对缺少战略应该这么看？

安部：日本人把一个国家交给那么一个不懂政治的政治家，这本身就是咄咄怪事。因为可以借用布莱希特戏剧中的伽利略所说的话：没有英雄不是不幸，需要追求英雄的时代才是不幸。如此说来，田中角荣的出现也许不正是幸福时代的象征吗？如果非要谴责他不可的话，也许就是他向民众灌输了对没有战略性的政治家的不信任感，也许就是播下了"期待英雄"这种危险气氛的种子。一心想成为英雄的政治家也不时探头探脑。相比之下，满足于金钱的政治家也许反倒无可非议。实际上，日本优秀的政府官僚往往瞧不起政治家。日本这个国家，就是半年没有总理，也照样运转。现在不是正形成一个让大臣们一个劲儿地专心受贿，由政府官僚进行管理的国家体系吗？

——是政府官僚写剧本，政治家按照剧本登台表演吗？

安部：不是有"猴子电车"吗？当然不是猴子开车（笑）。就是那个样子吧。

我觉得日本的政治在你看不见的地方存在着高效率的机制，就像演戏的后台，什么事都要想到，万事俱备，所以不会出现耀眼的第一把手。那么，不是也难以出现希特勒那样的独裁者吗？即使成为"猴子电车"的猴子，也不会成为希特勒、斯大林。日本人并不认为这有多大的民主主义，但这不是像一种齿轮的感觉吗？要拿钟表做比喻的话，就是过去那种老式机械钟，齿轮精密的咬合感。即便是战时的东条，我觉得也没有希特勒那样独裁。

——到了让石原莞尔瞧不起的程度。我看《东京审判》这部电影，石原莞尔作为证人出庭，检察官问他"你怎么受东条指挥的"，他居然回答说："东条是一个没有思想的人。我有思想，有必要受没有思想的人指挥吗？"

如果要求政治家具有战略，会是什么样的？

安部：再自然不过的事啊，和平。现在的日本，要说和平，也算是和平，但这是战争形态之一的和平。我希望不要把和平只是作为单纯的理念，而是应该显示出明确的政治战略。有一些人，拿国家利益做挡箭牌，马上会叫喊战争也是和平的形态之一。这是对全世界政治家的要求。当然，要是考虑别的国家的和平问题，选举的时候，绝对要败给打出失业对策牌子的竞选对手。难啊，这个问题。

——您在战前非常热衷于阅读海德格尔、雅斯贝尔斯等人的著作，这与后来走上文学道路有什么关联吗？

安部：我觉得有。存在在本质上具有先行性这个存在主义的基本概念，本质是一个规定观念，更加尚未分化的存在先行于这个规定操作之前，这样的观点为什么对我是如此重要的思想呢？因为那是在战时。

尽管是严厉的宪兵统治时代，也没有理由相信"八纮一宇""万世一系"这一套。那是不可能的事。似乎有人说"我是相信了，但被终战出卖了"，我觉得不可理解。我不想认为只有自己是例外。说这种话的人，只是单纯地装模作样吗？是主张自己不在犯罪现场吗？是摆出威胁恐吓的架势吗？还是对什么有所顾忌呢？因为你应该至少学过初级物理学吧。有理科课，应该学过进化论。不会没有发现其中的矛盾吧。只是没有特地去问老师，因为知道老师会立即发火，知道老师也回答不了。统治的效果就是这么明显。

但是，处在这样的矛盾中，却还能和半悬在空中的状态玩耍嬉戏，最多也就是在十五六岁之前。然后是整合性的要求，也就是在这个时候，一种不合理性精神披着哲学的外衣跑出来，好像叫什么"绝对矛盾的自我同一"吧，我记不清楚了。说是哲学，其实就像咒语。总之是试图论证不合理。也许这比拒绝论证还稍有良心，但论证本身原本就是以合理性作为前提。不是论证其是否成立，简直就是催眠术的甜言蜜语。

那种状态反而产生哲学的饥饿感，有一种想方设法填补缺少合理性空白的冲动。为填补空白而寻找到的东西就是存在主义。其实并没有真正理解，但我需要这种观点。

现在看起来，也许黑格尔也很好。实际上也有人攻读黑格尔，他们都是天才型的。不论攻读哪个人，现在都没有什么兴趣了，因为仅仅依靠数码的整合性无法创造东西。

——当时就已经有存在主义的译本吗？

安部：有了。盟国德国创立的哲学，还因为非常难懂，万幸没有被视为危险思想。

——这么说，基本上可以随便阅读。

安部：可是译文非常糟糕。我甚至想好意地猜测，是译者故意翻得这么难懂。

比较起来，我觉得海德格尔对自己好像有用，但雅斯贝尔斯从感觉上容易接触。战后，萨特被介绍进来，知道他们有着相似的体验，令我吃惊。因为在战时我就做好了思想准备，今后世界观的形成终究应该通过存在主义这个媒介。

不过，那时候我还没想到自己会成为作家。

——这么说，对存在主义的认识并不是作为文学的方法。

安部：其实我写的第一本《终点的路标》，完全没有写成小说的打算。

——现在想起来，那里面融入了很多您的生活体验吧？

安部：不，没有，与体验无关。只是一次将存在主义从观念投影到体验层次上会出现什么情况的实验。

——不是反过来……

安部：是的。

——是嘛，这转化到如今被称为珍本的《无名诗集》里去了。我一直以为诗集先出版……

安部：诗集当然更早。

——可是，诗歌无法表现存在主义……

安部：那是。哲学可以论诗，诗歌大概无法表现存在主义吧。

——您谈一谈战后登上文坛的情况。

安部：有一个人名叫阿部六郎，是我上高中时候教德语的老师。战后我没有什么明确的目标，抱着试试看的想法，不，还是有相当的自信，把自己写的东西拿到阿部六郎老师那里去。

——就是《终点的路标》吧。

安部：对。阿部六郎老师也研究尼采，具有德国文化的修养。他看了我的文章后说道："你这是写的什么啊？完全看不懂。不过嘛，好像还有别的家伙也写这种莫名其妙的东西。试试看吧，我把它转给那小子。"就这样，转到了埴谷先生那里。

我的起步就是这样不按规矩办事，所以总觉得长期一直被疏远。

——用庸俗的话说，就是文坛吗？

安部：不，那时我不知道还有个什么文坛，岂止如此，我早已经被文坛排挤出来了。例如甚至被像"近代文学"那样的团体疏远。说起来也可以理解，毕竟世代不一样。因为我是一个一年到头吃不饱肚子还满嘴死抠什么理论的小毛孩，而那些"近代文学"的人在战时就已经是某种意义上的作家了，什么转向啊，战争责任啊，我和他们没有这些共同的话题。从世代上说，和三岛还算是同一代人，不过那家伙非常早熟，我一直到很晚的后来才有机会和他说话。

——这么说，那时候您一直在孤军奋战。是吗？

安部：在外人看来大概是孤军奋战吧（笑），可没有人自己也这么认为的。

——既是异端，同时也很强大吧？

安部：好像就是碍眼，令人讨厌的家伙（笑）。

——这是获得芥川奖前后的事情吗？

安部：更早以前。

——获得芥川奖是昭和二十六年。

安部：忘了。那个时候的芥川奖和现在不同，不会一下子就出名了。那个奖品钟，给我的时候那表盘就有毛病（笑）。

——可是……比如《墙》，第一版里就有石川淳先生的文章。

安部：石川先生是个例外。他自己就被文坛疏远，或者应该说他疏远文坛吧。不过那时候，我还年轻嘛，厚着脸皮去求他，摆出一副你应该理解支持年轻人的样子，他又是给我电车费，又是请我吃饭……（笑）

——您后来创作剧本，是因为光是小说无法表现自我吗？

安部：不是这个原因。第一部剧本《制服》，原本是一家杂志约稿的短篇小说。那时候没人约稿，稿费低也无所谓，只要有人约稿就行。于是奋力写作，可就是写不下去。我很苦恼，心想"糟了，写不出来，这可怎么办啊"，等到截稿期限，大概总能憋出来吧。到截稿日子的前一天晚上，觉得说不定会话部分能搞出来，于是奋笔疾书，结果弄成了个戏剧的形式。当时杂志不愿意刊登剧本。

——您自己认为真正与存在主义相接近的小说，还有小说的创作手法发生转变是在什么时期？还是《终点的路标》中所写的问题的延伸吗？

安部：应该不是的。因为我写《终点的路标》的时候，还几乎没有小说的意识。

——《野兽们奔向故乡》是明确的小说。虽然舞台相似……

安部：我也有过对小说的向往，从小时候开始……在迷恋存在主义之前，大概从中学时代开始，喜欢爱伦·坡，很早以前就想创作那样有意思的、荒唐的作品。这是事实，就像地下水一样，感觉现在还在什么地方流淌。

——说到初期的作品，尤其是我拘泥于"满洲"的缘故吧，觉得《野兽们奔向故乡》绝对有意思，可以理解。

安部：我也喜欢那部作品。

——之后巍然矗立的是《砂女》。《砂女》的创作过程蕴藏着什么东西吗？

安部：自己说不清楚，即使知道也不想说。可以说是以前一系列短篇的总结吧。

——有很多"安部公房论"，但在论述"作家—作品"的时候一般还是以《砂女》作为一个分界线。您本人怎么看？以前就好像取决于一个代言人……

安部：你是说我有代言人，真是不可相信。至今我也还没觉得有……（笑）

——最后想请您谈一谈这次发表的作品，书名叫《自愿囚徒》吗？

安部：我一开始就考虑这个书名，之所以题名为《自愿囚徒》，就是想提出一个问题：处于现在处境的我们并非受到外力拘禁的囚徒，只不过是一个自觉自愿的囚徒，难道不是这样的吗？但是越写越觉得这还不够，最后决定改名为《樱花号方舟》。我不想使用任何宗教性的词语，从某种意义上说，将会成为拷问人类原罪的小说。方舟自然是诺亚方舟的模仿。被挑选上的人生存下来，为传宗接代、为保存基因库展开行动，方舟是巨大的避难所，所以叫《樱花号方舟》。

当然，生存下来本身不是任何罪过，在大自然中生存可视为健康的游戏，从《鲁滨孙漂流记》的故事中嗅到犯罪的气味那是有点过分了。

但是，最近的生存游戏真的是那么天真无邪无罪的吗？的确，那只是纯粹的游戏，不是思想。适合于干活的朴素衣服，我也喜欢。但我感觉事情不仅仅就这么简单，一旦蔓延到文学、设计、广告以至于服装，就感觉有点火药味。难道实际上这不是对某种大潮流

90

的预感、表现，只不过谁都没有意识到吗？

——我听明白了，请您稍微具体谈一谈谁都没有意识到的事情。

安部：如果加上一个条件，本来只是和平健康的生存游戏会立即变得狂暴血腥。这个条件就是由于一部分人的生存导致另一部分人必须死去。这虽然多少有点受害妄想症，但对《鲁滨孙漂流记》也不是不可以这么理解。

假设那个小岛上居住着鲁滨孙没看到的原住民，而他的所作所为如果直接威胁到原住民的生命，这显然不就是一部犯罪小说吗？可是，你会站在哪个立场上阅读这些故事呢？是站在鲁滨孙一边，还是站在原住民一边？当然是站在鲁滨孙一边吧，我也一样。因为我们日本人是殖民地统治民族，作者也同样是统治民族，所以从一开始就采用你可以接受的写法。

你瞧，这不正好和最先那个主题联系在一起了吗？就是这样的事情。为了一部分人的生存，另一部分人就要死去，只要有这个条件，生存就变成犯罪。即使不是有意杀人，只要人可以拥有、统治别人，为了自己生存下去，就要去杀人。《鲁滨孙漂流记》就是这样的小说。我想应该让那些被杀死的原住民来写《鲁滨孙漂流记》的故事。

你也认为爆发第三次世界大战的概率相当高吧。我也这么认为。还有的学者说核战争偶发的可能性随时都会发生，一点儿也不奇怪。不过，你大概不想和我打这个赌吧：五分钟之内会不会爆发核战争？如果不会爆发，你输给我十万日元。我想你肯定拒绝打这个赌。打赌的话，你当然押在不会爆发这一边。那么，赌几分钟好呢？如果五分钟不行，一个小时大概也一样，十个小时也一样。一年呢，结果还是一样。但如果赌一百年，这就没法赌了，因为双方都已经不在人世。

　　我们所谓日常性的保障，最多不过如此程度而已，就是自己在可以接受打赌的范围内不会赌输这个小小的乐观主义。

　　但是，假设你突然心血来潮，花一千万日元买了核避难所。这完全有可能，你设想一下自己已经买到手了，你的想法会一下子改变。就是说，你掌握了生存下去的机会，那么你看别人就是尸体。不，他们必须是尸体，因为已经开始了机会的争夺战。从另一种意义上说，你已经不参赌。与没有支付能力的尸体打赌岂不是白费功夫吗？你一直等待着别人的死亡，没有任何同情心。被炸死也好，交通事故也好，作为死去的个体，都是同样的死。作为个人体验没什么区别。

死于癌症也好，被炸死也好，死者的痛苦似乎都是相似的。

的确有相似之处，无论是死于原子弹，还是死于儿子的棍棒之下。既然已经开始了个人之间为生存的斗争，对别人之死就不会介意。问题仅仅是自己是死是活。只是在防核避难所还有多余的收容空间的时候，大概才会考虑到好友。

我的小说开头部分就是在这种状况下入手的，有一个人知道有一处荒废的采石场，可以改造成巨大的防核避难所，打算让其发挥诺亚方舟般的用途。

——是这个采石场吗？

安部：对。把值得生存下去的人们集中到一起。这里就产生两个大问题，一个是对人的挑选，另一个是防卫。

美国在出售防核避难所的时候，好像还配以来复枪、机关枪。虚无主义能彻底到这个程度也是很痛快的事。在防核避难所保护自己，那就意味着排除别人，这也是不得已的吧？如果在日本拥有防核避难所，那就不是配以来复枪，而似乎是严守秘密的形式。即便把自己家的地下室改建为防核避难所，好像也会对别人讳莫如深。虽然没有来复枪，也会准备铁棍这样的东西，以防万一。我想劝告这些人，铁棍根本派不上用场，至少也得预备猎枪之类。对持有猎枪采取许可制度，可以合法购买。

再一个就是选人。如果防核避难所达到一定规模，就必定要挑选、审查足以容纳进去的人员。这是为未来而生存的基因库。但是，筛选的标准是什么呢？同意谁拒绝谁呢？希特勒把筛选标准简单地以雅利安族划界。好吧，既然开始筛选，就和把标准定位在哪里一个样。于是开始了法西斯主义。法西斯主义就是筛选思想。

——能否说防核避难所是法西斯主义的象征呢？

安部：对。我不是说在某个地方存在着法西斯主义者这样的特别人种。只要拿到防核避难所或者通往防核避难所的入场券，你也好，我也好，任何人也好，从这个瞬间开始就是地地道道的法西斯主义者。即使仅仅是想看一看防核避难所的广告，法西斯主义也已经在你的内心蠢蠢欲动。有这样一个古老的故事：两个溺水者，一条木筏。但木筏只能容纳一个人，两个人坐上去就会下沉。怎么办？是一个人做出自我牺牲，把生让给别人，把死留给自己呢，还是两人厮杀，胜者生存呢？只有这两种办法吧。

——大概只有这两种可能性。

安部：但是，有第三种选择。就是两人都死。你大概觉得不现实吧？但只能如此。如果两人都既不想杀人，也不想被杀，那只能一起死去。我想，我们现在的处境正逼迫我们做出这样的抉择。如果允许一方生存下去的话，那不就是允许核战争吗？

于是有人说"我们发誓，绝不重犯错误"，我对此还一下子无法领会。那不是"发誓"的问题。如果你有核武器，具有是否使用的决定权，那是另一回事。而且，"不重犯错误"这个说法也莫名其妙。即使假定那是错误，但扔下来的是美国啊。要是是美国人"不重犯错误"，那可以理解。

为什么会爆发核战争？大概因为国家具有决定意志的可能性。仔细一想，国家本身就是一个防核避难所，国家本身就是。那么，国家又是什么……马克思思想的根本是最终废除国家，这个观念能否实现呢？我表示相当的怀疑，可又觉得除此之外别无他法。从现实来说，没有国家，事情就不好办。要是国家的功能低弱，那就会变得像黎巴嫩那样。这也证明着国家作为"必要之恶"是维持日常所不可缺少的。打赌五分钟后不会爆发核战争的那种小小的日常性。这种日常可是要付出巨大本钱的哦。不过，如果没有日常，甚至可能会失去否定国家的根本。

但是，国家在其内部一直不断地营造着越发巨大的核避难所，具有反复再生产法西斯主义的机制，如同生物的细胞内存在癌的机制一样。赋予与剥夺日常好像同样是国家的职责。

在最近的非政治性，或者说是反政治性的氛围中，生存游戏的流行不还是有点火药味吗？

所以我开始创作《樱花号方舟》。就是说，我迫切感觉有必要再次探讨生存的意义。总觉得稀里糊涂地活下去是很糟糕的事情。

——我这么问您，也许感觉有点奇怪：中曾根首相说不沉的航空母舰也是基于方舟的构想吧？

安部：所以说，坐上那艘航空母舰不是不可以，但没必要特意坐上去。因为要真的是航空母舰，坐不坐结果都一个样。

——怎么啦？是必死无疑吗？（笑）

安部：还是应该做好思想准备吧。不是必死无疑的思想准备，有点不一样。不如说是不抱一切希望的思想准备。还是彻底绝望为好。因为既然绝望也是认识，那也就是希望的一种形式。

——我的问题也许是错误的，只是从方舟联想到的，您创作初期写过小说《洪水》，故事的结局是全体死去。

安部：对。

——那个时候您心里就开始有这个思想了吗？

安部：嗯。那个绝望的确也是希望的一种形式。

——《洪水》也是这样的结构？

安部：是这样的结构。

——可是最后好像有一种细胞似的东西闪着微光活了下来，感觉是希望的萌芽。

安部：这也延伸到《第四间冰期》这部作品里。我对水还十分偏好，尽管生长在没有水的"满洲"，奇了怪了。是和风土没什么关系吧，还是因为我对水有憧憬？

就是说，变成水栖人生存下来的那些人，反正那也算活下来了，我最终追求的是同样的主题。但也有的没能活到最后……就是水栖人中的残疾人。一般的水栖人已经不会哭，而他们还是动不动就哭。在水里生活，不需要眼泪，所以他们就是残疾人。他们对空气无比眷恋，想听风声，就跑到陆地上来，结果溺空气而死。可是，他们对我来说，是肯定性的存在还是否定性的存在，到最后也无法确定，非常困扰着我。其实至今我内心还在摇摆不定。小说就是这样，并非什么都是作者随意安排的。有时作者对同一部小说里对立双方的人物会同时产生共鸣，这是与评论领域的根本不同之处。

所以说嘛，小说不那么表达，我甚至觉得如果人的政治控制力有一定限度的话，现实就会超越这个局限。这不就只能全部毁灭吗？是那个勃鲁盖尔吧，几个盲人拉着手行走的，已经不觉得好笑了，感觉自己就是其中的一员。

——当说到全体毁灭、谁也无权活下来的时候，必然会出现宗教、信仰之类的问题。

安部：这可不行。如果把宗教搬出来拯救，那么即将死去的人就必须允许另一部分人活下来。

——是得这样。

安部：宗教通过异端审问进行筛选，一直在产生异端。

——这是对宗派活动的牵制吧。

安部：是的。莫要试探神。不能因为你没被选上就唉声叹气，如果告诉你这也是神对你的考验，你不是也没话说吗？（笑）

——听您一席话，总体上理解了您的构思和主题，虽然具有合理性，但根据不同的阅读视角，也可以理解为某种虚无主义的小说。

安部：有这种可能性。我本人现在不怕虚无主义，还想彻底追求一次虚无主义。如果回避的话，结果反而可能会招致危机。当然我在作品里不会写任何绝望的东西。作品已经启动，我也有无能为力之处。作品中的每个人物都充满前所未有的活力，我都喜欢。

——是直面危机吗?

安部：对。但是，对怀抱着饿死的孩子遗体的非洲母亲，能去征求她们签名反对核战争吗? 那不是太残酷了吗? 所谓生存下来，就是这样的事吧。同时……所以，希望是绝望的形式，绝望是希望的形式。所以，将希望和绝望对立起来在现在的社会太轻而易举了。

——《燃烧的地图》《砂女》《箱男》《密会》这些作品大体是五年出一本，是有意这样安排写作计划的吗?

安部：没有事先计划，结果变成这样。

——这几部都是新作一气推出的形式，是因为让别人看过一部分以后，不好继续写下去吗? 不能先在杂志上连载吗?

安部：杂志连载，有交稿期限，我不喜欢。而且无法修改，这不好办。可能我这个人比较笨吧。

——在我印象中，《他人的脸》在杂志的连载与后来的单行本在内容上相当不一样。

安部：是的。可能就是从那次以后我就不再在杂志上连载了。吵了一架，觉得杂志连载绝对不行。

——安部先生的文章不常在杂志上发表，每五年一本书，不同年代的人，还是有相当多的读者一定会继续阅读您的东西。

安部：我自己并没有想得这么乐观。

例如卡内蒂，别以为读者数量不成问题。当然，他的读者太少，这是一个应该让更多的人认识的作家。但不论读者数量多少，卡内蒂总是巍然存在。他是一个必须绝对存在的作家。这样的作家才是真正的作家。我想到自己要是不认识卡内蒂而活着，不禁毛骨悚然。即使只有少量读者，但只要他们在确确实实地阅读，这就够了。如同徐徐燃烧的泥煤的火焰，这其中蕴含着巨大的能量。若以只看一出版就能卖掉几十万本的畅销书的读者作为作品对象，那是不行的。

子午线上走钢丝

采访者　科利努·布列

——新作《樱花号方舟》是一部极具刺激性的小说，在安部先生的作品中，我想它可以成为代表作之一。听说花费七年时间才完稿，这期间完全没做别的工作吗？就是专心致志地写小说吗？

安部：开始的两年还从事舞台工作，当时我主持名叫"安部工作室"的剧团，但经过多方考虑，决定暂停剧团工作，所以花费在小说上的时间应该是五年多一点吧。我写一部小说，一般需要五六年。我不是计划一定下来就动手的那种类型，边写边改，作废的文字要比最后出版的多十几倍。

——听说您使用文字处理机写作，有什么好处？

安部：比我预想的方便。尤其对于一边写作一边思考型的作家来说，将是今后不可缺少的工具。写得失败的地方也可以视觉性地进行观察，使得思考更加缜密。有人把文字处理机与电子化的打字机混同起来，其实不可同日而语。

——我的问题回到作品上来，《樱花号方舟》的主人公是个怪人。他热衷于古怪的虫子，手里拿着防核避难所的入场券却不敢卖给任何人，迷恋于非常可笑的发明，看到立体航拍照片就沉浸在旅行的气氛里，对女人只是带着类似永恒好奇心的感情目不转睛地注视，而最后是一只脚掉进便器的窟窿里被抓住。我在看这部小说的时候，好几次忍俊不禁，笑出声来，但同时也感觉悲哀难过，不知不觉地发生感情的同化。主人公与父亲的关系也令人害怕，后半部分写到他父亲的尸体被装在袋子里，像废品一样放在房间里，觉得怪异而滑稽。是什么因素让您塑造这样一个人物？

安部：是的，乍一看这的确是个怪人。首先他的体型十分丑陋，人们叫他"猪"或者"鼹鼠"，是一个肥胖异常的小伙子。性格也极度内向、孤僻。所以他对解开这部小说的其中一把钥匙、名叫"屎壳郎"的昆虫特别感兴趣，热衷于发明房间里的监控器以及形形色色的日常生活用品，对便器有一种异乎寻常的偏好迷恋。但是，我认为这种人绝非例外的个别，在现代（尤其在城市生活者中）应该是普遍性的存在吧。现代的主角不是男女主人公，而是小丑。顺便把"屎壳郎"介绍一下，这是一种甲虫，四肢退化，无法自由移动，就将自己的粪便当作食物，堆成小球转着圆圈而活着。因为一天转一圈，所以又被叫作"钟虫"。其实，不如说这是作者幻想的产物，从这种虫子身上发现一种真实感，不会有人不怀着亲近感吧？对于为过多的人际关系而苦恼的现代人来说，即使反过来说，也是一个理想。他还有一个特点，那就是"无名"。不仅是他，想想看，我小说的主人公几乎全部都没有名字。即使有个性，也没有名字，他们被社会拒绝认可。这样的人物成为我透视现代这个世界的窗户。

——这么说，与主题相比，这样的细节才是作品的动机吗？

安部：是这样的。发现幻想的昆虫……踩着便器，却一脚踩偏，一只脚被吸进便器窟窿里的震骇……半夜里拿着竹笤帚扫大街的身穿制服的老年人服务队那可怕可悲的形象……这些看似互不关联的零乱素材种植在我大脑褶皱里，然后生根发芽，长出树枝，互相交缠在一起。

——不过，不全是自动伸展开来的，《樱花号方舟》既明确暗示了主题，也暗示了其所象征。平凡的人们在平凡而滑稽的算计和交易的背后可以看见结局突然张开了嘴。

安部：作品要独立成为一个世界，必须具备作为世界而独立的几个条件。主题和象征性大概都是这些条件之一吧。但是，作家为了发现日常性的细节，就利用与成为作品背景的真正主题不同的现成主题。这是以强光照射现实，从而把隐藏其中的"物"取出来。这个时候，也许可以说主题是为了定位"物"、使其存在的假设，或者如同为了观看太阳黑子而涂上煤烟的玻璃板。但是，这个主题不可能直接原封不动地成为小说的主题。最早的主题说起来不过是肥料，在这肥料的滋养下，细节的种子生根发芽，开花结果。于是只要新的主题得到暗示，象征凝聚成焦点，就是一部成功的作品。但是，这个主题未必都是作者在写作之前就已经安排好的。作品真正的主题并非作家的原声，而是由作品本身讲述，这往往超越作者的意图。

例如《樱花号方舟》的主人公身体肥胖，不喜欢体育活动。有一天，他做了一个梦，梦见反奥林匹克同盟的游行队伍冲进奥运会会场，扰乱大会，陷入一片混乱。这个梦原本不过是段小小的插曲，但与小说的基本主题密切相关。就是说，认识到奥林匹克的本质并非单纯的竞技，只不过是一个通过肌肉的力量来炫耀民族主义的丑恶的会场。……一旦认可力量所象征的民族主义的不可侵犯性，则总有一天不得不经历核时代这个噩梦。核武器不是偶然的产物。在认可国家主权拥有超越性自卫权的那一刻开始，武器就不能不自动地走上终极化的道路。这部小说的日常性细节讲述一个事实："当预见到核战争可能性的时候，实际上核战争已经爆发。现代也许是从悲惨结局出发、与时间逆向而行的反面时代。既然生存下去遭到拒绝，依然还有活着的希望吗？"我多次问自己为什么要这么写。可能就是因为绝望也是希望的一种形式的缘故吧。

——很多人经常把您和卡夫卡进行比较论述，实际上您受到他的影响吗？如果有的话，是什么形式的影响？

安部：卡夫卡在我心中所占据的比重一年比一年大。他洞视现实的能力达到了简直令人无法相信的地步，但是他对我的影响不是那么直接。我是在写作相当长一段时间后才知道卡夫卡的。我初期的比较富于幻想性的作品，与其说受到卡夫卡的影响，不如说受到爱伦·坡和刘易斯·卡罗尔的影响更加准确。但是，卡夫卡一直是把我从摔倒中救起来的领航员。

——您学过医学吧？听说也很喜欢数学，卡罗尔曾是数学家。您为什么没有选择走自然科学这条路？

安部：我也不清楚。这个答案还是交给以后的研究家吧。

——看得出来，您从处女作《终点的路标》开始就对日本的传统采取拒绝的态度。在日本或者世界文学的潮流中，您如何定位自己的作品？

安部：这个问题也还是由别的什么人来回答吧。我也很想听听他是怎么回答的。但是我可以说，我只能用日语进行思考。住在日本，用日语思考，用日语写作。但是，日本以外的国家也有我的作品的读者，那是因为现代超越地区性而同时代化的缘故吧。这一点，我不能不赞成乔姆斯基的观点，即所有个别语法的底层，在遗传基因的深层像地下水一样流淌着普遍语法的规律。我拒绝的不是日本的传统，而是针对所有地区主义的思想。

——这么说，您作品中的人物，连具有相当厉害的精神病理学知识的人，也不能认为那是日本特有的现象吧？

安部：这是一个十分微妙又很重要的问题。首先，什么法国式啦，日本式啦，美国式啦，乍一看好像区分得很有道理，但是否有客观根据呢？生活现象的类型，或者被漫画化的行为模式，可以指出它们的不同点。但是，你仔细想一想，任何特殊都是具有与其相对应的普遍才特殊。思考普遍的由来（这是困难的事情）远比对特殊吹毛求疵（即便这是茶余饭后的乐趣）更为重要。

有的欧洲人直言不讳地认为我作品中的细节是日本式的，也有另外的欧洲人认为地方色彩已经完全被漂白得抽象。哪一方见解是正确的呢？人们对异文化往往满不在乎地使用"文化冲击"等词语，其实那不过是对统治民族或统治阶级明显的僵硬的自傲。像外科医生挥舞着手术刀那样挥舞着荣格的集体无意识等范畴设定（即使认同这个机制在特定文化圈里发挥作用这样的事实），那就正中分离主义者的下怀。

　　弗兰·奥布莱恩作品中的人物因为过于无所顾忌地暴露爱尔兰人的性格而被人嘲笑。伯纳德·马拉默德作品中的人物以犹太人独特的性格唤起读者的怜悯之情。鲍里斯·维昂的主人公们悖论般的法国人性格给予读者巨大的想象力。加西亚·马尔克斯作品中的人物以拉美式的激情使读者陷入野蛮的催眠状态。请你关注读者超越不同的国籍、人种、语言——甚至通过翻译——产生理解和共鸣这个事实。这是因为特殊性是通过作者关注普遍的目光而塑造出其特殊的缘故。普遍并非简单的特殊性平均值，而是先行于特殊的人性的根源。

　　——这样的话，您如何理解所谓的"日本式思想"？您认为这也不过是普遍中的相对特殊吗？与您的作品无关吗？

安部：我重复一遍，我一直以日语写作日本的日常。我没有参考比较文学论进行写作。而且在认为胸前（如奥运会运动员那样）别着国旗是一种低级趣味这一点上，与《樱花号方舟》主人公的意见相同。我总觉得比较文化论里有的东西令人怀疑。例如"亚洲混沌"这种说法。依我的见解，那种混沌不过是欧洲掠夺式殖民地化的伤痕。殖民地统治的一个特征可以说是民族分割统治（不仅分割地区，还彻底分割上下阶层）和对文化教育的彻底破坏。其结果是重建、强化毫无根据的歧视。这是非常可怕的事情。然而，现在不是空间的时代，而是时间的时代。世界通过同时代化互相关联，异国情调的风景在任何地方都不复存在。

——这个问题我十分理解。但是，日本在亚洲难道不也是异端吗？例如对日本国内的民主主义，我想，外国人至今都还没有统一的见解，现在的日本人究竟朝着什么方向往前走呢？

安部：的确，日本在亚洲所处的位置十分异常。我认为其原因之一就是日本被排除在了欧洲殖民地政策的目标之外。以后有机会再探讨这个原因。总之，幸免于殖民地化的日本，并不比欧洲晚很多时候就开始走上近代化的道路。只比普鲁士晚六十年就创建了国民军。我不是在这里自我吹嘘，大家都说日本是殖民地化的底片。在这恐怖的暴力普遍法则面前，生活习惯的差异就不是微不足道的东西吗？不仅日本人，那些成天炫耀老祖宗传统的人都很卑微丑陋。

至于日本这艘船的船舵方向，我只能说在全世界的心情都朝着民族主义狂奔的现在，日本也不可能是例外。

——您以前写过这样的一段话："即便是死亡之舞，跳得出色比起跳得拙劣来至少是对心灵的慰藉。"您把事态考虑得如此悲观吗？

安部：已经付出了第二次世界大战这个无法计算的代价。我再重复一遍，只有在绝望的能力中怀抱希望。

——这对您来说，就是创作吧。您今后的创作活动会朝着什么方向展开呢？大家都很关心。下一部作品有什么样的计划？

安部：我开始推敲《折弯勺子的少年》的写作计划。这个主题是所谓的特异功能"超能力"。当然，我完全不认可超能力的存在。那只是单纯的骗术。但是，少年的周围有人相信超能力，也有人出于利害关系装作相信的样子。这个骗术被职业化，不允许他拆穿骗局。少年失去说明真相的机会，只能继续表演他的超能力。有一天，少年身上产生真正的超能力，但是他已经无法将它与骗术区分开来。……这样的故事情节，有意思吧？现在我正等待细节形象的出现。等化雪以后，我打算去勺子的产地北陆地区旅行。即便对写作没有什么帮助，也想去调查了解勺子的生产工序，这就是我的写作方法。

毁灭与再生（1）

采访者　栗坪良树

——前些日子，当您还在那台文字处理机上写作《樱花号方舟》的时候，我就采访过您，相当具体地询问过这部新作的构思。但是，当时的构思与现在完成的作品之间不论在主题还是情节上都相当不一样。我再一次深深体会到您所说的没有进行时、总是反复回到出发点的含意。

但是，这部新作，从腰封的宣传性字句来看，给我留下了似乎核时代是本书的主题这样的强烈印象。但反复阅读以后，这个主题一下子退到背景。

于是今天，我想重新回到您的初期作品。一直上溯到《野兽们奔向故乡》《终点的路标》等作品，从那时起就可以说是一种迷宫小说。逃进迷宫和逃出迷宫如同互相咬着尾巴的蛇连接在一起。不久前出版的《密会》就是其集大成者。然而，这次的《樱花号方舟》给我有所不同的印象。把它放在以前作品整体的另一极观察，从大方面上说，给人留下有的东西已经终结、有的东西已经开始的强烈印象。我想将其作为一个运动体从总体上加以观察。一旦形成了固定的评价，感觉预先的判断就会落空。虽然评论每一部作品也很重要，但我想把握贯穿您的整个作品中的运动轨迹。哪一个坐标系能表示您现在所在的位置呢？我打算从这部新作入手，向您请教这个问题。

安部：这就像昆虫采集者挥舞捕虫网的感觉（笑）。不过，对作家来说，自己的作品就像是一辈子没照过镜子的野孩子。如果有人问我我写的是什么、我打算传递什么信息，老实说，我只是感觉讨厌。只能回答说我总算在那部作品中顽强地活了下来。

上一次和你见面的时候，作品尚未完成，反而能随意说话。不过，其实对作品本身并没有说什么。写作的时候，需要各种辅助手段，比如救生器具，比如用具等，为了确认这些辅助手段，就在杂志上聊起来。"写"与"聊"完全不是一回事。工作一结束，辅助手段基本上就成为使用完的废品。

——就是说，把辅助手段全部扔掉，只留下作品吗？

安部：对。在探险旅行途中吃完自带的便当，然后把空盒子扔掉。所谓目的地，如同有点难以言状的一种状况的自我运动，像是长途行旅后筋疲力尽，沉没在整个工作的视野为零的浓雾里，只是感到呼吸困难，根本没有精力来谈论自己的作品。在这个时候还进一步要求检查身体，还是请求您撤回这个要求吧。

当然，评论家有评论家的工作，这是与作家不同领域的专门职业。什么解剖尸体，什么病理解剖……根本不管作者的意愿，站在各自的立场上挥动手术刀。例如搞神经的，就画一张神经结构图；搞血管的，或许画一张骨骼结构图。每一张图都是正确的，各有各的含义。既然作者作为被检验体，把自己提供出去，就有义务忍受这种痛苦。不过，心里总有哪个地方不对头的感觉，挥之不去。心想应该不是有其他不同的评论方法吗？我不是推崇印象评论。评论家不是也应该更熟练地掌握"离肉游魂"的本领，让作品活在体验性里吗？

作者也努力以语言进入尚未成为过语言的世界，在这努力的背后存在着作者终归也是一个读者这样的自知——尽管这个存在显得有点例外。评论家不是也应该让自己也是一个读者的自知优先于专家意识吗？

不以读者的感性作为前提，这来自观众的批评也许正是被疑似学术性的西方文学研究者乃至日本文学者所把持的日本独特的形式。

当然，外国也有学究式的评论，不足为奇。但是，像欧洲、美国，其评论方式多是采取从"首先在本质上感觉到什么"入手的态势，然后自然而然地展开自己的分析。日本则不是从被作品所诱发的原始性自我感性入手，往往搬出已经被公认的尺度进行衡量。自己完全可以做到毫无瑕疵。这样的评论倾向对日本文学无异于枯叶剂式的毁灭战。

——小说具有影响现实的力量，这部新作中的主人公"猪""鼹鼠"给人感觉一开始就是背负着父母问题的重负而被抛进现代状况中的普普通通的问题少年。但反复阅读以后，甚至逐渐产生应该喜爱主人公的心情。可以说这正是您的目的吗？

安部：当然。因为那只"鼹鼠"也是我的化身。我的小说的主人公似乎多半是被社会排挤出去的、无可救药的无能者。弱者比强者、败者比胜者更能使我感受时代。不只是这部小说，仔细一想，几乎所有作品的人物都是可怕的凡庸之辈。在构思阶段本应该设计为相当"能干"的人物，在写作过程中逐渐变得凡庸起来。大概最终还是因为我在凡庸中看见了打开时代的钥匙的缘故吧。但是，这不只是对凡庸的单纯的共鸣和爱情。我在《小象死了》这个舞台上，反复出现一句口号似的台词："对弱者之爱总是怀有杀意。"……这部小说里出现的学校运动会上生存游戏的插曲……这难道不是凡庸的天线才能感知到的时代愤怒吗?

所以我不认为凡庸等同于无能。凡庸倒可以说是丑角的面具。没错,小丑是"愚人",是笨蛋的一种,但笨蛋未必无能。不仅"鼹鼠",《樱花号方舟》的全体船员从某种意义上说都是小丑。这部小说变成小丑的集体,不过写起来一点也不辛苦,没有失败重写。一旦态度方针确定,人物就自然而然地活动起来。我自己这么说也许不太合适,但是我对"樱花号"的全体船员都怀有好感,一点也不觉得可恨。

——的确可以读出这些继承自您过去小说血脉的主人公的血统,但这部新作将极具暴力性的父亲俨然置于一端,成为与另一端极其对应的主人公。这其中包含着现实意义吗?

安部:粗略阅读会是这样的感觉,但那个名叫"猪突"的父亲和"鼹鼠"不只是简单的对立。只要稍微改变一下视角,就会发现其实这两个人可以说是一模一样吧。"猪突"坚信通过暴力可以冲破任何墙壁,但最终还是撞在社会的墙壁上被反弹回来。儿子"鼹鼠"利用采石场废墟的石墙作为盾牌保护自己不受社会的入侵,但社会满不在乎大摇大摆地闯进来。最终连"猪突"也来到"鼹鼠"那里,不过此时已成为一具可怜的尸体。这完全是一对相似者的滑稽丑态。

当然，相似者不只是这两个人，书中人物由于各自的背景以及利害关系的不同，经常龇牙咧嘴地对立争斗，但最终都加入勃鲁盖尔笔下的盲人行列。所有的人都是在小丑协会里登记注册的小丑同伙……

如果硬要寻找不同的话，那就是名叫"诈骗商"的那一对男女……也许可以认为就是他们两个人的生活方式有所不同。……虽然实际上并没有任何突破，"诈骗商"这个职业特点，就是明知一切都是谎言，却必须弄假成真。至少这的确是异质的，不过，这也没有解决任何问题，照样在同一个地方不停地转圈，和别人并无不同。

虽然对这两个"诈骗商"无法期待同志般的忠诚，却也没有背叛的担心。对这一对男女恨不起来。以现代的中产阶级自居的大多数人大概都是在明知的谎言中活着的"诈骗商"群体吧。不小心一脚踩歪，要不滑落到"鼹鼠"这一边，要不滑落到"猪突"那一边，二者必居其一。"诈骗商"只能在这条分界线上走钢丝。

——名字也是"猪（野猪）"和"豚（猪）"，与其说是两端对极，不如说应该认为是亲戚般的关系。

安部：对。就是亲戚。因为从遗传学上也是不折不扣的父子。要说不同的地方，也就一个是改良种，另一个是自然种嘛。当然，那个父亲是一个令人极不愉快的人物。但实际接触以后，并不觉得非常难以打交道。其实仔细想一想，只是一枚徽章的正反两面，他与牺牲者儿子"鼹鼠"之间并没有本质上的差别。我在写作的过程中，虽然有一种厌恶感，同时也奇怪地感觉到一种如同哀愁或者是悲伤的情绪。我对这个人物不是全盘否定，但也不是只对这个父亲表示宽容。例如"笤帚队"……半夜三更用竹笤帚扫大街的老人组织……最初感觉极其怪异、令人害怕，如同丧失自我的象征存在。但在写作过程中，反而觉得这样的形象淡薄下来，最后放进背景里。不过，形象还是非常鲜明深刻，舍不得删掉。这些无处可去的孤独的老人，他们活着，只剩下食欲和性欲，互相慰藉，组成一个集体，深夜和着军歌的节奏，拿着笤帚扫马路……如果深入地想一想他们的内心世界，还是觉得心痛。当然，令人恐惧这一点没变。看上去觉得境遇凄惨，但从某种意义上说，他们与纳粹突击队的精神构造有相通之处。正如队长"猪突"所说，似乎扫除的最终目标是人渣。不过，窥探一下他们的内心，又十分可怜，大概也有无奈之处吧。只是因为过于脏兮兮，不禁失笑。他们一边笑着，一边忽然感觉浑身发冷，因为勉强忍耐着寒冷的他们每个人的内心深处的阴暗都有着无法排遣的东西。

我写作的时候，感觉作者在某种程度上不得不变得没有节操。与其去区分正反面人物，不如对所有无节操的出场人物都表示普遍的爱。例如创作交响乐，这个部分使用小提琴，这个部分使用钢琴，这个部分使用管乐，各有各的合适的音色。所有的音色都有其存在的理由。这项工作需要聚精会神，需要时间。虽然读者也不能对其逐一分析，但可以从音色的结构中读取出高于音色的东西。

——这部新作的主人公"鼹鼠"把自己关闭在采石场废墟里，不声不响地为世界毁灭做准备。他没有任何意识形态，没有任何口号，从一开始就预知世界即将毁灭。这应该如何理解？

安部：与其说他预知，也许应该解释为愿望。因为毁灭愿望不需要什么思想和世界观。这是潜藏在所有人内心角落里的食心虫卵，也可以认为是宿命论、末世论从老朽的社会结构中逃脱出来的本能。我在这部小说里反复写到"猪突"打算与儿子"鼹鼠"和解，他说"这个世界要灭亡"。我不是说只有防核避难所才是毁灭愿望的象征。这不过是想让一切灭亡，从而获得再次和先行者一起站在起跑线上机会的落伍者、掉队者的冲动。所以，毁灭愿望同时也是再生愿望。

过去，到上海、香港的鸦片馆，看到墙上好像到处都贴着"世界末日即将来临"的标语。不论吸多少鸦片麻醉自己，其内心总意识到自己正朝着毁灭的路上疾跑，所以看到"世界末日即将来临"这样的标语，就自我安慰走向毁灭的不只是自己，全世界都在毁灭的路上猛跑。

但是，毁灭愿望未必只限于鸦片馆里逃避现实的标语口号，逃跑的能量一旦组织起来，就有可能走向革命。毁灭的热情与再生的热情正是徽章的正反面。极右和极左的浪漫主义最终在革命的热情与毁灭的热情之间微妙地摇摆。

我也不怕你误解，直话直说，我从谈论"核威胁"的语调中经常感觉到毁灭愿望的声音，尤其是"核冬天"的议论方式。"核冬天"的认识的确很重要，这个我也认可。但即使这个认识是"彻底废除核武器"的必要条件，我认为也不是充分的条件。的确，它将令人信服地说明防核避难所在物理上根本不可能让人生存下来。但是，它的逻辑是对防核避难所本身的否定，无法到达潜藏于防核避难所这个设想里的危险思想。因为它是可以导致防核避难所失效的很厉害的家伙，所以并不怕核战争，而由于人的政治无能，导致不得不动用核武器这个最后的破坏手段，对此难道不应该先提出质疑吗？把这个抛在一边，只是一味喋喋不休地谈论核战争的悲惨，这就像热衷于战争模拟游戏的小孩子，令人毛骨悚然。

我认为这世上最不讲道理的死亡就是士兵之死。每个士兵都迫不得已地不得不买中奖率奇高的"死亡"彩票。不过，今天不谈这个问题。因为就核战争的层次而言，士兵已经不复存在。所以，反过来说，死于核武器和死于一般的事故，对死者来说，不是没什么两样吗？海难、车祸、燃气爆炸、抢劫杀人……惨死的形式各种各样。当然，仅仅这些说明是不够的。我想说的是，将个人之死与人类之死进行衡量是没有意义的。我想，普遍体验和个人体验应该不会简单地相交。

我在《樱花号方舟》中也多次写到，尽管感觉核战争的危机已经迫在眉睫，但还是不会打赌在五分钟内会爆发核战争。这就是人的日常性感觉。作为近未来抽象地想象十年之后与作为现在的延伸（包含明天）预测十年之后是完全不同的两码事。因为我本人就是这样。我一边认为只要国际政治维持现状不变，爆发全面核战争只是时间问题，一边居然满不在乎地在日历上记载下一周的日程安排。时间冻结在现代这个感觉里。不仅如此，在继续坐待末日来临的钝感里还一定存在着别的什么东西。对死亡的恐惧与毁灭之后的再生愿望不是保持着平衡吗？在聚精会神地观看警告"核冬天"来临的电视节目的时候，不是为采取行动而加强认识，而只是一味地惊慌失措，这正是毁灭愿望的征兆吧。这不就是在被排除于权力之外的人们之中必定内含的本源性感觉吗？

——您刚才的这一番话，借用这部新作表现的话，就是被"屎壳郎"这种怪虫象征化了。总之，这种怪虫总是在主人公自我意识的要害之处结巢，主人公竖起耳朵倾听虫子羽化和再生的动静。这就是您刚才所说的死亡与再生的本源反映。

安部： 只是那个"鼹鼠"好像几乎不愿意看到再生的征兆，这就不好办。他似乎希望不要羽化，只在原地不停地转圈。但是，他的这个希望不会得逞，早晚要面临必须做出死亡和再生的抉择。不过，"鼹鼠"就是想要像"屎壳郎"那样没完没了地不停转下去。

——那么，我想就刚才这个问题进一步提问：根源性潜藏的毁灭愿望的磁力互相拉锯，不得不一直寻求自己的相似者，或者说伙伴吧……这就成为现代的状况吗？

安部： 不只限于现代，这个磁力不总是推动历史前进了吗？这也是卡内蒂在《群众与权力》中的主题。

那样细致缜密的分析实属罕见。他从与意识形态组织起来的民众完全相反的视角，阐述了化为群众一员时的某种转变作用。这是谁都最不愿意涉及的部分。与卡夫卡不同，因为这是一种变身的机制。他写道，从被极端疏远的视角仍然可以理解群众机制这个能与权力对抗的力量。我认为他提出了一个非常重要的问题。

就是说，由毁灭愿望（或者说再生愿望）集结起来的群众，可以解释为已经不再是简单的加法累计，而是更高一层次的积算累计。

就我而言，感觉写作这个行为就是无休止地被积算核心吸引过去的工作。感觉自己掉进了黑洞迷宫。《野兽们奔向故乡》《砂女》《樱花号方舟》……脑子粗略一过，大致都是坠落的模式。

——刚才您提到"筈帚队"这个老年人集体。可以认为这是您认识现实的一个象征吧，尤其是在痴呆老人的问题已经社会化的今天，大概可以现实地看待……

安部：是的。那是放弃再生愿望的死亡行进……所以不一定需要真正的老人，就是青年也无所谓，但奇怪的是，并不是事先有意识地这么写，但不知何故最终都与处理废弃物有关。老人是扫大街，那个方舟上工作的船舱的厕所也成为处理废弃物的道具。这其中包含着某种意义。所谓的废弃物，就是人的生活的痕迹，或者说是足迹。如何消除这个足迹……这么一想，权力一定在最基层拥有清扫组织。说起来，警察也是巨大的清扫组织。就是清扫被社会排挤出去的人的体系。所谓的公安，就是清扫政治上受排挤者的地方吧。这是权力不可或缺的基层组织。清扫实在是很辛苦的事情。

——我感觉刚才的构思与您的城市论有关。您的城市论与最近流行的城市论不同，是一种文明透视方法论。前些日子不是在什么地方召开过国际废弃物学会吗？

安部：也许是这样。废弃物要具有质的意义，就需要量的积累。废弃物的数量积累是在城市。所以，通过研究垃圾也许可以进行城市论的研究。

想想看，从古代到中世纪，许多城市都毁灭了。对于毁灭的原因有各种见解，例如外敌入侵、掠夺式农业造成土地荒芜、传染病……最可能想到的就是传染病……发生导致整座城市毁灭的瘟疫流行，其原因不还是废弃物吗？处理能力跟不上。欧洲人经常瞧不起日本的挑大粪的（现在是真空清洁车，最近连这也很少见），掩鼻而过，但不能就此断言日本文化的后进性。那是作为堆肥用于再生产的手段。与放任不管、乱七八糟的欧洲相比，日本自古以来就采用相当合理的方法处理废弃物。当然，现在也没必要进行这样的比较。将废弃物从量变转化为质变，全世界现在都站在处理这个问题的起点上。这是环境问题，其中包含有放射性废弃物。尤其是，如果对不可再生产的净化设备不予以公共投资，这个时代甚至将难以维持日常的运转。的确，城市问题有一半是废弃物问题。

——小说的主人公自我封闭在大城市边上的采石场废墟的垃圾山、看似波普艺术中的山间里，这还是和城市相关的再生吧。

安部：嗯。我不知道什么缘故喜欢垃圾。就是拍照片，看见一堆垃圾就兴奋，情绪激动，报废汽车放置场、旅游景点的犄角旮旯、工厂的背后、填埋地、旧地道……

——好时代、坏时代得看谁来决定……但说到毁灭和再生，您认为现代正走向毁灭吗？

安部：如果核平衡带来的和平持续过长，就是地震的危险在东海地区不断积累的意思的话，现在的确是危险的时代。不过，就日本而言，保守势力是软体动物，革新势力是甲壳动物。即使有危机的预感，但因为经济相对稳定，也就怪不得百分之九十的国民具有中产阶级意识这样的异常状态。今天的日本可以说是草木枯萎的寒冬，或者说是有点营养失调的乌托邦，所以毁灭冲动难以表面化。但是，稳定本身就会在其内部积累起灭亡的愿望。这是对自己的未来加以限制、管制不得不做出的反抗。文化中的超常现象以及对萨满教的重新评价（尤其在戏剧、连环画领域）里可以看到这种倾向。可以说是不伴随着再生愿望的毁灭愿望吧。如果这里出现一个富有才华的煽动者，准确无误地抓住经济破产的机会，大概会很容易组织起突击队的。

当然，从毁灭冲动仅仅联想到突击队有失公平。因为产生希特勒的时代同时也是魏玛文化的成熟期。卡内蒂的群众观也是从对那个时代的观察起步的。从这是一种灭亡的文化这一点来看，具有可以与文艺复兴相匹敌的文化氛围。日本的话，就是大正文化。那既是枯萎的文化，同时也是对爱因斯坦狂热的时代。如果对毁灭冲动只是漠然视之，全盘否定，那么一切都无济于事。历史告诉我们，再生往往不过是下一次毁灭的准备，但不能因此就中断这个循环。只是这个循环的时间实在太短。当然，也有人把未来的希望寄托于科学技术的发展。就我而言，我属于科学技术派。连我自己都觉得太孩子气，不好意思，现在还是收集各种新产品目录说明书的狂热者。自动对焦的照相机上市的时候，我一整天研究商品目录说明书，兴趣盎然。但是，毁灭和再生的循环逐渐加快，总有一天会同时进行，这种预感一直挥之不去。于是终于有一天，爆发战争。不，战争不是已经开始了吗？两伊战争并非隔岸观火，应该认为日本也参与其中的间接代理战争。下一次自然是核战争吧。于是，循环被切断，接踵而来的是没有再生的彻底的毁灭。

尽管如此，还能够在毁灭里一直感觉到歌声的余韵，也许是因为还残留着些微的期待，期望毁灭冲动说不定有一天能把（包含爱国心在内的）国家主权本身纳入自己的射程以内。这样的话，再生的预兆也就有恢复的可能。

——例如针对反核，有一种反反核的态度。按照刚才的逻辑，反核和反反核最终在同一层次上说话。另外，有人提出，在政治层面上，必定在所谓防备核威胁的名义下进行核武装。有可能的话，您给这样的时代发出什么样的信息？

安部：反反核既不是主义也不是主张，只是单纯的现实说明吧。如果力量平衡真的有效的话，最终的解决办法只能遵循先发制人必胜的逻辑。而一旦确定下来，留给国民的只有士兵这条路。

《樱花号方舟》的"樱花"，不用解释读者都明白，具有国家主权象征的"樱花"和摆摊揽客的"诈骗商"双重含义。"樱花·诈骗商"明知是谎言，但必须弄假成真。而这个谎言正是日本的国花。如果谁也不可能站在国家之外，那就只能产生核抑制力这个逻辑。所以，现代的毁灭愿望所具有的性格，与其发挥反体制的功能，远不如被组织成具有国家主义或者民族主义倾向的团体。我感觉最终真正的废除核武器除了国家废除外，别的都不可能。不抱什么希望。因为通往士兵之路这个程序要比国家废除核武器更容易理解。

——这个感觉在小说里是通过废除奥林匹克运动会的形式提出来的吧。

安部：对。这是高举"猪"标示的旗子的反奥运会同盟的梦想。我不想说漂亮话，我本人很讨厌升国旗之类的仪式，但对以国家为单位的竞技体育也不能说没有丝毫兴趣的心理。不过最近我为此正在自我批评、自我反省。严格地说，奥运会大概就是被国际社会认可的士兵礼赞的大合唱吧。总之，就是国家在秀肌肉。奥林匹克宪章在这一点上是怎么回事？

今天的日本人在这个问题上不是有点过于迟钝吗？一定是没有反叛国家罪的缘故。我不太清楚，是否还有其他国家没有反叛国家罪。一般地说，反叛国家罪是所有犯罪中最严重的犯罪，大致判死刑，或者该国最严厉的刑罚。对外是防卫军，对内是"公安"这台巨大的清扫机。好像日本也有尽快完成这个体系的意向，到那个时候，我这样的发言恐怕就变得越来越难以通过了。

过去马克思主义的一个大主题就是废除国家，但感觉最近完全变样了。这次戈尔巴乔夫在会见撒切尔夫人的时候说"不会有同盟，只有国家利益"，让撒切尔夫人大为感动。报纸的短评专栏这么报道，真是这样的吗？

——您在初期的作品《野兽们奔向故乡》中描写主人公使劲逃跑，拼命逃跑，但国境追赶上来。从那时就一直关联下来吗？

安部：那不是国境逃跑。其实当时心情上倒是希望和国境达成和解。战争刚结束，那个时代对国境的认识非常薄弱。

——这么说，在您的意识里，现代是国境越来越鲜明的时代吗？

安部：感觉毁灭与再生收缩为一点，快要成为瓮中捉鳖了。

——噢，您既然怀有这样最后阶段的意识，那么以后为什么还继续写下去呢？还会写什么呢？

安部：你这简直就是口试（笑）。穷追不舍的逼问反而让我不好回答。因为小说不是理念的表达。人不是为了思考而活着，是因为活着才思考。即使知道明天就要死去，不也要活到明天吗？例如这部新作《樱花号方舟》，"鼹鼠"具有我的化身这样的比重，"诈骗商"也是我的化身。所以不仅用于书名，而且始终将"诈骗商"作为本书的主人公，其中不少应该是通过他们的目光写出来的。不过，到最后也没能看清楚那"诈骗商"的真面目，这不如说我对深入他们的内部总有一种顾忌的感觉。从某种意义上说这是小说的"纲"，我却不知何故不打算从正面予以揭示。正规的推理小说，按规矩应该很快就让罪犯上场，给他穿上精心编织的迷彩服，尽量不显山露水。不，我的作品不是这样，也许因为"诈骗商"与"作者"的立场过于相似的缘故。作者原本就是"诈骗商"式的存在。我觉得"诈骗商"以那样的方式上场很好。

——听说您的下一部作品打算写折弯勺子的少年……

安部：嗯。"折弯勺子"。不知什么缘故，一直牵动我的心。从写作《樱花号方舟》后半部分开始，如同地下水开始在我的意识深处形成水流……说不清楚与我现在所写的主题有什么关联，但有一种顺利膨胀起来的预感。我写《樱花号方舟》也只是开始于一只脚掉进便器窟窿里的情景、屎壳郎等这样的形象……先有形象，后有主题，主题发自于形象。至于会写成什么样的小说，现在还真不知道。

前几年，我曾打算把这个主题写成纪实作品。因为我完全不相信超能力，所以这个少年的集体对我来说自然就是欺诈团伙。我本想用假名打进这个团伙里，以真实报道的方式揭露其骗术。但是，在我考虑的过程中，开始逐渐发现他们另外的一面。我在想象《折弯勺子的少年》的各种内心状态时……对了，还是用期望毁灭这条线连接起来。……至少支持少年的存在的那些人，只要他们不是骗术的同谋者或者诈骗者，就是真心相信或者努力去相信勺子被折弯是事实的人们。就是说，可以把他们视为通过期待奇迹发生而聚集在一起的自然产生的结社。这样一来，尽管少年本人知道这不过是骗术，但已经不允许他揭秘，于是不得已只好继续表演，而最终只能是连自己也相信了。

当我发现这一点的时候，纪实就彻底变成了虚构。所谓奇迹，就是推翻自然的因果关系吧。与其写是否真实存在折弯勺子的功能，不如更想写在其周边所发生的期望奇迹的波纹。蜗牛在拼命地分泌着壳，如果按照遗传基因的指令，应该会形成漂亮的螺旋壳，却在身体周围构筑起巴别塔般的迷宫……

故事情节如何铺展，现在毫无头绪，打算最近去一趟新潟的燕市。燕市这个地方，好像生产全国百分之八十以上的勺子。为了彻底查明"折弯勺子"为什么必须是"勺子"而不是其他东西，我想首先了解制造勺子的工序，然后再调查流通过程。这些也许不会直接用在小说里，但如果我是折弯勺子的少年或者他的经纪人，不是首先应该从这里入手吗？如果以魔术骗术为业挣钱，也必须彻底防止露馅。例如在电视上表演的时候，尽可能不要自带道具，使用电视台准备的道具效果更佳。只要在最容易成为疑惑焦点的地方顺利表演过关，接下来就不费力气地彻底蒙蔽了观众。于是，这里就假设电视台的制作人或者小道具管理人从家里出门上班途中顺便购买勺子，有可能在哪里购买呢？大概是超市或者百货店吧。那么，少年就要事先去店里了解一下。如果是在电视节目中使用，一般是普通形状的大勺子，最多也就准备两三种吧。当然，少年事先已经在燕市购买了各种（好像七八种）勺子，并且进行了加工。就是把勺子颈部多次弯曲，造成金属疲劳，达到稍微用力马上就能折弯的程度。如果担心被眼尖的人仔细观察发现事先折弯的痕迹，聪明的做法就是到电镀店重新镀一遍。至于电视台表演现场的掉包，那是魔术最基本的手法，应该易如反掌……

我想这样子入手写作。

——快赶上"怪人二十一面相"① 了（笑）。

安部：是啊。我也许打算在小说里让少年发现自己真的有"超能力"。不过，"超能力"这个词，细想一下，其实包含着很多言外之意。其实用不着掌握什么自然科学的方法，就社会常识而言，"超"就证明自己具有理解别人无法到达的能力的界限。魔术师表演的时候一再强调没有玄机没有机关，但观众似乎意外地懂得日常现象的唯物论因果关系。明知这里面有机关，还是兴味盎然地欣赏。但是，超能力不能是魔术，不能有机关。变戏法变魔术安全无害，给观众提供快乐，但超能力危险而有害，是以信徒的存在为前提。观众与魔术师的关系是表演结束，关系也随之终结，而信徒与超能力者的关系则一直维持。

——被弄成神授能力了。

安部：对。这时候的超能力者的内心很奇怪，不安与优越感并存，越成功越陷入一种疯狂状态，就像

---

① "怪人二十面相"是日本推理小说作家江户川乱步在少年推理读物中塑造的反面人物。他可以随心所欲地易容变装，总是用高明的手段窃取艺术品，往往在作案前先写信警告物主，宣布将要下手的时间。1984 年至 1985 年，日本发生多起在格力高、森永食品中下毒勒索金钱的事件，犯人自称"怪人二十一面相"，下毒前也会先行预告。

衣服和皮肤同化一样，白天黑夜都无法彻底裸体，最终自己都无法区分真假。

接着，不久以后，真正的奇迹发生了……不使用骗术就能折弯勺子……可是这时候毫不惊讶。他已经过于习惯谎言。只有这个少年永久遗留在不信的迷宫里……

——仔细阅读《樱花号方舟》的主人公，感觉就像《圣经》里所说的诺亚再生、自导自演的诺亚再生。这个创造折弯勺子奇迹的少年就像是基督教徒。

安部：这是更加世俗功利性的故事。以后少年也许飞上天空，那就不是奇迹，而是童话。只有这个少年误入了童话世界。所以，也许会有这样主张的学生出现在作品里：如果真的能折弯勺子的话，那不就颠覆了爱因斯坦的 $E = MC^2$ 基本法则了吗？E 是能量，M 是质量，C 是光速。核裂变就是从这个公式中导引出来的，如果存在不服从这个法则的物质变化（念力），物质的质量就无法测量，光速也变得各种各样。那时候，核弹不会爆炸，倒是难保不会出现狗粪突然大爆炸的事态。那就不只是诺亚洪水所能相比的了。因果律消灭，整个宇宙秩序崩溃毁灭。

——这么说，您的内心深处潜藏着这种超越核战争主题的启示录般的信息吗？

安部：怎么会呢？我刚才所说的只不过是在我的下一部小说有可能出现的一个偏执狂的学生的意见（笑）。当然我承认有一些与我相似的地方。而且这个学生大概有一种会遭受私刑被杀的预感（笑）。

不过，和谈论《樱花号方舟》那时候一样，可能会出现和现在所说的完全不同的结果。概念性思考的东西都是辅助手段，实际写作的时候都会被删掉。出现在我的梦中之前，这些情节只能作为辅助手段先钉在我的脑海里。我无法确定，可《樱花号方舟》里阻止奥运会同盟的梦想说不定就是我实际的梦境。虽然未必一模一样，但我记得做过类似的梦。总之，小说构思的原则，就是注意不使用去超市购物回来这个过程中不使用的语言。所谓梦话，就是这样的感觉吧。

——这是非常通俗易懂、具有说服力的原则。

安部：与其自己勉强去创造，不如耐心等待它的出现。尽管有时候久等不来，感觉脑子锈蚀，陷入丧失自信的地步。

毁灭与再生（2）

采访者　小林恭二

——上一次发表在杂志上的采访，中心话题是毁灭论。今天想聚焦毁灭本身谈论这个问题。

首先，我强烈感觉到《樱花号方舟》中的毁灭变得相当困难的状态。

安部：困难还是容易，我没这么想过。还是应该把毁灭和毁灭愿望大致区别开来考虑。毁灭愿望未必以其原本的形式得到认识。例如在《樱花号方舟》里，规范人物行为的最终是灭亡的精神。他们将毁灭愿望视同人生道理的灭亡愿望。不喜欢体育的孩子放火烧体育馆、学习不好的孩子放火烧教室的事时有发生。我认为这是谁都可能有的日常性的感觉。

——是否像天主教那样，不是与观念性的再生等价的毁灭，而是如同某种天生形态的毁灭愿望呢?

安部：简单地说，不是重新判分的要求。例如平等观念，也是一种毁灭愿望吧。没有必要对打破现有秩序一概采取否定的态度。最近社会议论的中学生

"欺负同学"的话题，完全是相反的精神结构。

——与毁灭愿望相反吗？

安部：那不是建立等级制度的过程吗？强者与弱者的……

——是的。那么，这意味着就是那种不伴随再生愿望的毁灭愿望吗？

安部：不是。毁灭与再生的愿望不论什么时候都是徽章的正反两面。秩序的破坏就是平等的再生吧。但难办的是再生不会通过再生稳定下来。再生一旦具有秩序，毁灭愿望立即随之产生，这是没有终点的永久革命。在这个循环的形象中，奇怪的是，总有类似主人公的人物躲在什么地方，就这家伙平安无事地活了下来。这种"见风使舵"不正是产生小说家的秘密吗（笑）？

——肯定是这样的。

安部：这可不是说别人哟。

——呀，真的不是说别人，所以今天我才来的（笑）。

首先，您的小说，因为以折弯勺子的少年作为主题，所以我打算从是否相信超能力问起。但是，看了《昂》上刊载的对您的采访，您断然否认不可能存在这样的特异功能。而且说从"不可能存在"这一点切入探讨，可以引导出许许多多的话题。我想确定一下您的想法，您完全不相信超能力的存在吗？

安部：不可能有超能力那东西。

——真的没有吗？

安部：正因为经验性地知道不可能有，所以才产生期望超能力的心情吧。这还是毁灭愿望的一种变形。魔术高手说不喜欢小孩子观众，就是因为小孩子太相信了，所以觉得没劲儿吧。

——看来可以从这里进入话题。

安部：超能力原本就不应该是实验性检验的问题。假设得到确切的证实，那就纳入科学范畴，就不再是超能力了。经得起科学检验的超科学在逻辑上不构成意义。

——是这样的。

安部：我想，在论述"超"的世界之前，希望先关注与"超"无关的"普通"的世界。的确有的自然科学者对方法论都没有认识，就信口开河说什么"这是科学无法完全解释"之类的话，真令人吃惊。他们不是科学家，他们只是技术员。真正的科学家应该这么说：即使是"使用传统的科学方法无法完全解释的自然现象"，但折弯勺子是一种超自然现象，如果是绝对的自然现象，那就不好办了。

现在我感兴趣的是向往超能力背后的心理之谜。

一种"认识局限论"。人的认识有局限性，当然应该也有人超越这个局限……

——就是说，将认识局限的可能性寄托于超能力。

安部：对。然而，"认识有局限"这样的认识是通过什么被认识的呢？除了语言，不可能有别的东西。认识大致上就是言语结构本身。但是，"认识有局限"这样的认识不能不陷入对着镜子拳击、枪杀自己这样的矛盾里。就是说，局限性的认识就是语言的自我认识……算了，不说了，在这里谈论认识论无济于事。我只是想明确地说，不能因此甚至全盘否定"超"的愿望。不可能折弯勺子，虽然不可能，但不能因此连这个愿望也予以否定。愿意相信可以折弯勺子的心理，最终是一种灭亡的愿望、偏离的愿望。这不是人不可或缺的行为原理之一吗？

洛伦兹……这个洛伦兹是思想极端的种族主义者，我不喜欢，但还是不能不承认他是一个动物行为学者。尤其是关于刺激信息与由此诱发的动物行为模式之间的关系，基本上是编入遗传基因的一种与生俱来的学说。我认为这是非常重要的观点。从某种意义上说，可以与进化论相媲美，至少也是对进化论的强有力的补充。如果进一步发展这个观点，把"语言"植入遗传基因信息里，那会怎么样？就会变成人。对啊，"语言"是数码信息，对于其他动物来说，诱发行为的刺激信息只限于模拟的东西，只有人才可以对数码信号进行诱发行为的解读。虽然这不过是生理学可能发生的一个进化阶段，但其结果是意想不到的飞跃。从具体而直接的模拟信号与一对一相对应的行为这个"被封闭的程序"世界，一下子飞跃进入判断与选择都是自由的"开放性程序"的世界里。人真的是奇怪的动物，从遗传基因中爬出来，终究还是去观察遗传基因。遗传基因通过"语言"认识遗传基因本身。

所以，在思考"语言"是什么的时候，也只能用语言去思考。甚至"语言的局限"这个表达也没能离开语言表现的框架。如同窥视井里，用语言窥视语言里面的正是人。

——这么说，认识的局限就是语言的局限。

安部：与其说局限，不如说应该思考结构。洛伦兹所说的这个比喻很有意思，就是黑猩猩的模仿能力……当黑猩猩看到它的同伙用手势表达什么意思时，首先认知那只手和自己的手是一样的，这个认知的瞬间就是模仿形成的开始。其实黑猩猩以下的动物似乎几乎不会模仿。总之，洛伦兹的逻辑是：首先认知对方的手和自己的手一样，于是开始学习行为，这应该是导致语言发生的原因。……我觉得这是洛伦兹的真知灼见，但仅有这些还不能成为语言。如何将模拟程序转换为数码程序，不阐明这个机制，就解不开语言之谜。因为这是超层次的跳跃。

我再继续聊一点语言，因为这是重要的问题。乔姆斯基对遗传基因与语言的关系提出一个很有意思的看法。就是"普遍语法"的概念。我们现在平时使用的日语是个别语言，但所有的个别语言，作为语言都应该具有一些共通项。乔姆斯基把这个共通项的基础命名为"普遍语法"。这是值得了解的假设。由于这个遗传基因层面的普遍语法，接受来自外界的刺激，那么例如在日本人的环境中长大的人，就会输入日语。……而且乔姆斯基把这个输入的过程与单纯的学习过程相当严密地区分开来。他认为这个过程本身在某种意义上是与生俱来的，所以他不说"学习语言"，而是说"语言的发育、成熟"。

我觉得还应该顺便谈一下巴甫洛夫，那个条件反射的巴甫洛夫……他在一般的条件反射之外，发现了第二系——没有正式的准确用语——总之比一般的条件反射高一维的条件反射，而且预测可能就是语言。然而，令人遗憾的是，这是巴甫洛夫临死前的发现，没有进行详细的研究，而且似乎也没有继承者继续研究。但如果臆测的话，不是可以说语言是一般条件反射的积分值吗？

——积分值……吗？

安部：所谓积分值，可以理解为将画在平面上的曲线通过平面整个的移动所形成的三维图像。如果开始是圆，就变成软管……

这只是根据巴甫洛夫的暗示做出的类推，比起积分值，我更想认为是模拟信号的数码转换。大脑半球的（语言脑）运用什么方法将模拟信号进行数码处理，这只能有待于研究。但语言是数码信号这一点是毋庸置疑的事实。不过似乎与电脑的做法有着本质的不同。不是电脑那样通过线的电路进行解析，好像是使用面的扩散和集中的程序。这大概和左右脑的分工有关。黑猩猩似乎也有右撇子、左撇子的倾向，这完全只是倾向，不像人那样有意地左右手分化。由于左右脑的分工，通过胼胝体可以将左脑的数码处理和右脑的模糊处理互相转换。所谓数码化，是信号的信号化，是一件划时代的大事。

但是，实用主义者们似乎不这么认为，依然抱残守缺，认为语言只是思考的运输工具。所以只要有精密的运输工具，就应该能够进行更加准确、丰富的沟通交流。……从这里到心灵感应似的超能力只有一纸之隔。实用主义不过是疑似科学而已。

——这么说，您认为超能力的愿望始于对语言寻找某种超越语言的东西吗？

安部：对。这是精神和语言的二元论。可是仔细一想，连这个二元论其实也只是语言功能的一个侧面。语言使用语言论述语言的局限。这种悖论也许正是语言的魅力。就连小说，也是拼命挣扎着努力用语言去表现语言所无法讲述的存在的东西。……尽管明知不可能从语言中挣脱出来，却依然没完没了地东奔西窜……

在各种观念的场合也都能看到这个语言的悖论。例如相对论认为宇宙是有限的，那么就不能不问有限的尽头那一边是什么；再如宇宙大爆炸的理论对包含时间在内的宇宙初始状态加以说明，那么就不能不问初始状态之前是什么。

——这是语言的墙壁，还是想象力的墙壁？……不，等等，其实语言的墙壁和想象力的墙壁十分相似。

安部：不论相对论多么难懂，都没有脱离语言构造的框架。

——是这样的吧。

安部：当然是。对普遍原理的冲动，最终不就是语言体系的整合化冲动吗？我是相信语言的冲动，折弯勺子与此相反……

——如果我们使用的语言体系发生变化，在一定程度上可以想到。

安部：语言体系是什么意思，这取决于定义吧。英语也好，法语也好，波利尼西亚语也好，个别语言间的体系差异不会有任何变化的，但如果把数学方程式，或者电脑编程定义为其他体系的语言，认识当然应该有可能从经验主义三维开始跳跃。

不过，还有另一个跳跃。……有那种把语言体系搁在一边，论述时间开始以及宇宙尽头的神秘主义吧。神秘主义的一个特点就是语言泛滥。也可以说是对因果律的灭亡的冲动。

——这么说，那些希望发生因果律被毁坏事态的集体和人就成了这部小说的主人公吗？

安部：其实啊，似乎觉得大不一样。

——可是从您以前的谈话中，给人这样强烈的印象……

安部：嗯。因为突然有人问你"你相信折弯勺子吗"，最后就说到语言论。可……这不好办，当然，我根本不相信折弯勺子，而且不是小说里所有的人都相信……其实这原本就不是奇迹小说，最早是骗术小说的视角。主人公少年的折弯勺子其实就是变魔术。但是，比如说，我表演超能力节目，雇你当经纪人，你当然事先都知道我的表演里的玄机、机关，因为你是经纪人啊。不仅知道其中的机关，你也会进行各种演技上的指导，因为这是做买卖。不过，同时心里深处也会有想彻底忘记这是骗术的心情。这样首先在宣传推销的时候说起来底气十足，合作者大概也心情轻松。反正尽量不想让大家知道这是变戏法，你也必须在人前极力装作相信的样子。之后，随着表演技术的提高，不就半是相信自己真有超能力了吗?

——有可能。

安部：少年本人也可能总有一天无法忍受心里的矛盾纠葛，一边表演骗术，一边自己还半是相信。这是一种自我催眠。而且还害怕被别人看穿，自然绝对不会告诉任何人。与你单独在一起的时候，会告诉你这折弯勺子是真实的。心里发誓至死也不会开口说出真相……

——让人想到宗教家的起誓，也许政治家也与此很相似。

安部：对。随着骗术表演的炉火纯青，最后连自己也区分不出真假，信以为真了。有时候忽然想起，大概会认为现在能力下降，只好使用骗术，过去的确有特异功能，就是靠意念折弯勺子的。

——我好像有点理解了。

安部：于是，有一天，少年忽然发现自己具有飘浮空中的能力，就这样飞上天空。

——故事就这样展开的吗？飘浮空中当然也是骗术吧？

安部：不，真的飞上天空了。当然，本人也是半信半疑。长期表演，过于习惯这个骗术，而且极其苦恼，到底要不要把这个秘密告诉经纪人……就这个勺子一直让自己极度苦恼……

——少年意识到这个可能性了吗？

安部：他已经实际体验了空中游泳，这没有办法。最初不知如何是好，不知道该不该相信。为了证实，他在无人发觉的深更半夜悄悄到郊外或者河边进行低空飞行的试验。当然也瞒着经纪人。

——这不是因为面对信徒的神的心情吧？

安部：不是。因为不想让任何人看见，不愿意告诉任何人，一边潸然泪下一边飞行那样的感觉。可是，你不觉得自己过去在什么地方曾有过空中游泳的体验吗？虽然现在不再浮游空中，但你没有陷入过这个错觉吗？我就有。我还记得，坐着，整个身子轻飘飘地浮起来，就像水翼船在水的上面轻快地游动。虽然我不相信，可是记忆深刻清晰。因为我本来就是个铁锤，根本不会游泳，一下水就咕嘟咕嘟地沉下去。

——我一直认为您的作品的基本特点中具有从非日常向日常逆转的向量，但这么一来，还需要重新来一次从日常向非日常的逃亡。这一次是从控制日常的体系中以突破因果律的形式逃出去。是这样的吧？

安部：是这样的吗……逃亡吗？的确有逃亡愿望。不过，你说得这么肯定，我觉得有点不一样。我的想法与其说是逃亡，不如说是例外原则的选择。

——是突破具体的、物理性的障碍吧？还是破坏因果律呢？

安部：我现在谈论的话题是小说，不是进行信仰的表白。

——可是，您不觉得向患者逻辑接近了吗？我认为过去的作品底部相通的是囚徒的逻辑，就是说，被关闭的人们逃往或者试图逃往应该更加广阔的外界这样的力学。这种情况，从具体给予的障碍中逃出来这个向量成为最重要的核心。而现在认为，患者的逃亡，从物理性来说，逃往哪里都无所谓。换句话说，这是绝对的科学，不，应该说是真理。例如，由于脑病、心脏病即将死去，或由于患有一定程度以上的癌症即将死去这样从绝对性真理的障碍中逃亡的患者成为小说的主人公。

安部：你说的有的不对头。不觉得过分拘泥于自然主义的构思吗？你不认为空中游泳的故事很有意思吗？什么逃亡，什么逃出来，用不着这么掰死理……说起来，我的作品可以分为两大系列，大致长篇多为最近的略为日常的片段聚集类型，短篇多为非现实的变形物。与其说是空想，其实我自己打算写成假设性的现实主义。不相信折弯勺子和作品人物在空中游泳这两件事在我心里毫无矛盾。作为小说，只要其语言结构具有确实的触感，不就是与现实等价的世界吗？只能依靠语言创造的世界……至于为什么飞、为什么会飞，我认为没有必要借助小说以外的世界予以说明。

至于你扯到什么癌症患者，我觉得无法理解。人，谁都在某种意义上拥抱着死亡，我不知道你为什么把囚徒与癌症患者那样分为两个对立的概念。所以，你不要进行社会评论式的思考，希望你就是把空中飘浮作为一个形象。就是说，空中飘浮不是逃亡。如果用因果关系表现的话，与其说是"果"，不如说是"因"。

——从情节安排上说，大概什么时候开始起飞？

安部：我想尽快让他飞起来……

——这么说，不是在最后突然飞起来，把后面抛给读者这样的形式。主人公会苦恼吧。

安部：大概会苦恼，不是也有快乐吗？还没有想到那一步……不过，让他在最后再飞起来的构思也难以舍掉，总让人有一种悲哀的感觉。

——我想，一般地说，现代人被毁灭愿望迷惑是事实。但这个愿望很难实现，于是自然强烈要求对欲望未能满足的赔偿。提供毁灭剧作为赔偿难道不是媒体的一个功能吗？而且还有预防毁灭愿望引起的自我中毒的作用。不过，传统的提供方式已经供不应求，于是受众不得不亲自制造替罪羊。例如"三浦事件①""格力高事件"……我甚至觉得，所谓的"造假"将成为媒体制作的主流。

安部：你说得对。电视台制作节目的背后，有的地方将毁灭愿望的替罪羊作为自己的目的。没错的，实际上有的台好像就曾经对"折弯勺子"进行有计划的"造假"。我的那个"折弯勺子的少年"现在也预定会上电视表演几次。你要是经纪人，也会赞成这样的"造假"吧？因为观众并不要求弄明白其中的真相，只

---

① 三浦和义事件，1981 年 11 月，三浦和义与妻子一美在洛杉矶旅行时，在停车场内遭枪击，一美大脑受伤，几个月后不治身亡。1984 年，日本《文春》周刊连续七次以"可疑的枪弹"为题发表专题评论，该事件被媒体追踪报道。1985 年，一名日本女人向媒体揭露，三浦和义雇她杀了一美。同年 9 月，日本警视厅逮捕三浦和义。1998 年，三浦和义获释。2003 年，最高法院以证据不足判决三浦和义无罪。2008 年 2 月，三浦和义在塞班岛国际机场被美国警察逮捕。同年 10 月死于警察局。

是想在一定的时间里听任"时间"的被动消费。

虽然和你刚才说的有点不一致，但我最近也的确开始深切感觉到电视的威胁。但这未必都是与播放的内容有关。令人可怕的是无数的人在这个瞬间聚集在小小的电视屏幕前面形成一个与个人意识无关的巨大的疑似集体……

——电视本身化为疑似集体的平台。

安部：是这样。电视诞生之前，根本不可能这么轻而易举地形成疑似集体。而且人数多得不可思议。虽然集体化是人的尤其重要的能力之一，但唯独这个原本应该不能不是非日常性。一到紧急时刻，集体化就是传家宝。例外的是军队和学校。因为紧急事态是军队的日常。学校的集体化倾向又怎么样呢？有这个必要吗？尤其是日本的学校，疑似军队的风潮十分明显，似乎期待着产生超出学校本来功能的东西。社会有各种议论，认为这是教育的扭曲，而试图把学校作为集体训练的平台这个做法本身不是应该受到质疑吗？

总之，人没有必要总是活在集体里。个别化和分工不都是社会形成的原动力吗？用不着什么都组织集体，人一直就是将社会组织化，将社会结构化的。只是在社会结构遭到破坏、陷入恐慌状态时，人才本能性地激发出集体化的冲动，发挥超越个人的集体自卫能力。

这个例子我已经在别的地方写过，再说就炒冷饭了，不过因为觉得有意思，所以现在重复一遍。……你还记得吧，不久前新闻报道东北地区某个地方的旅馆发生火灾……烧死不少人，成为社会议论的话题。那场火灾为什么会造成那么大的灾难，电视台还做了专题报道，对其原因进行了分析。让我有点吃惊的是，为什么从二楼跑下来的一群人都聚集在楼梯下面，没有继续跑出去避难，结果造成集体烧死？安全门就在附近。为什么会这样子呢？根据对生还者的证言以及其他现象的分析，好像他们从二楼跑下来以后形成一个"群体"，这时大家都松了一口气。就是说，集体化解除了大家的紧张情绪……

——当即形成临时性的共同体。

安部：是这样的。但事情还没有完，而且不可思议。这个集体的一个人做出怪异的行动。他说"东西忘在上面了"，突然跑回二楼。而其他人不知何故都好像不得不留在原地等待跑上二楼的那个人回来，也许那个昏头昏脑的"忘东西"的人是他们选出来的这个集体的头目。

所谓"头目"，似乎并不一定是大家平时印象中的那种依靠强壮臂力压倒别人而爬上去的人。集体里存在需要头目的内在压力，被选出来当头目的人似乎与他本人的意愿无关。当然集体本身具有缓和紧张的作用，但尚未组织化的集体是不稳定的，虽然比分散状态的时候要好，如果想持续保持稳定，无论如何需要决定集体行动的领导人。这就是头目愿望的内在压力。

那么，这个内在压力通过什么具体途径选出头目呢？在集体中的言行与众不同，格外显眼，大概是一种例外吧，好像独具个性的人具有容易当选的倾向。人们通过集体化多少松了一口气，大家的心情只是一味地等待着签字选出头目。这完全是《等待戈多》①的心情。这时如果有人做出例外行动，不管你是否愿意，签字的对象就出现了。

——这时会怎么样？

安部：所以啊，那个遗忘东西、慌慌张张跑回二楼的人不就当选为头目了吗？尽管本人一无所知，只是惊慌失措……于是大家一直等待头目下来，结果造成集体惨死火场。

---

① 《等待戈多》，爱尔兰现代主义剧作家塞缪尔·贝克特的两幕悲喜剧，1953 年首演。作品着重表现人的心态、心理活动过程以及人的心理活动障碍。该剧对现代剧进行革新，是荒诞派戏剧的代表作。

——您说得也太神了（笑）。

安部：不过，我觉得有靠谱的地方吧。当然，例外的人当选为头目不是集体的原则性规则，大概只是在混沌的无秩序状态中才会产生的一次性现象。第二个例外者，一旦选出了头目以后，就会成为可憎的异端者被逼走。第一个例外者是应该赞誉的萨满，第二个例外者只是疯子。这大概就是秩序的原则吧。

当然，集体化并不是只有负面，而且作为种子是实现目的不可或缺的本能。除了人，借助这个本能的力量维持种子的动物也并不罕见。集体行为的优点是不允许例外行为的发生。大家跟在例外者头目的后面东奔西跑，头目也就已经不是例外者了。在恐慌状态下，集体行为比个体的个别选择有利大概是自然现象的规律吧。因为这合乎自然淘汰的结果。

当然，也有不行的时候。如大群的沙丁鱼全部被赶进渔网里……噢，东北地区旅馆的大火灾受害也是集体化事与愿违的例子吧。的确，由于人类获得语言，从而切断了封闭的行为程序。所以，不论怎么集体化，和动物群体应该有着本质上的不同。从常识上说，一般认为人比沙丁鱼群体更理性，也应该具有分辨力，但仔细一想……现在，虽然只是一种假设……但觉得语言具有矛盾的两个功能：一个是使个体相互密切接触以加强集体的黏合剂的功能，另一个是分解个体使之个别化的溶媒功能。动物原本就有"群体派"和"山头派"两种类型（有的动物在不同时期会相互转换），其区别仅仅是对外来刺激能否做出反应。这是绝对无法抗拒的强大本能。人获得语言，为此多少牺牲了一些本能，不过，换来的是语言兼具黏合剂和溶媒这两方面的功能，所以也可以依然维持动物那样强大的"群体"和"山头"。

我这说的是什么呀？（笑）

——不是电视台制作的疑似集体的问题吗？

安部：对、对……"群体"和"山头"的关系也可以说是向心力和离心力。

——山头是离心力吗？

安部：嗯。所谓山头，是排除其他个体的冲动。即便在场所上是向心力，但作为个体间的力学是离心力。人类社会一边把这两方面的作用非常复杂地纠缠在一起，一边极力使它们保持平衡，同时发挥功能。一旦极端地偏向其中一方面……一旦世界范围内的中央集权化发展到这个程度，至少国境内不会出现离心力过剩的现象……但是，最终还是向心力过于强势，文化不得不停滞不前。我对这一点非常担心，电视台的疑似集体的过剩生产……具有非同寻常的集体化功能的电视台为了提高收视率会进一步磨炼集体化的技巧。真的很厉害哦，你不论打开哪个频道，都是眼泪、眼泪、眼泪的泛滥。现在所有家庭的客厅都浸漫着唉声叹气的洪水。

——是把哭泣者选为头目、组织疑似集体吗？

安部：那还不至于，已经不需要头目了。这基本上是对已经组织起来的集体的强化措施。眼泪这东西，越想越觉得奇怪。对哭泣者本人来说，通过泪腺的赔偿性功能产生判断的停止和净化作用；对别人来说，通过同情泪水的同化作用实现冲动的缓和与行动的抑制。此外还有表示失败的白旗、表示共享感动的标语牌……总之，眼泪是刺激集体化冲动的强有力签字。

所以，例如日航飞机失事的时候，播音员手持话筒，只是一味寻找哭泣的人采访。尽量寻找那些哭相好看的人……

——眼泪是这样的东西吗？

安部：那当然。例如你现在突然在这里号啕大哭起来，弄得大家都狼狈不堪，停止判断，虽然大概没有人陪着你一掬同情之泪，但都束手无策，拿你没办法。这所谓的束手无策……

——让大家都束手无策的人成为头目（笑）。

安部：怎么会！现在不叫"头目"了。因为我们不是在恐慌状态下集结起来的乌合之众。不过，这眼泪的功效，从戏剧电影来看的话，尤其对日本人感觉显著，但仔细一想，其实这是国际性现象。在中国、朝鲜，葬礼的时候还有以哭为职业的"哭女"，《哈姆雷特》的《奥菲利亚之歌》中有一个词"ビウィープ"，其意似为"送葬"，这个词后缀着"ウィープ"（哭泣）。作为集体形成的重要因素，举行了眼泪的仪式。

——这么说，电视台是通过眼泪组织疑似集体吗？

安部：嗯。低俗的搞笑节目另当别论，电视节目中几乎没有喜剧。虽然偶尔有"卡塔西斯"[①]也行，可是没完没了连续不断的卡塔西斯也让人受不了……卡塔西斯的"卡塔"就是"大肠卡他"（肠炎）的"卡他"[②]，有害健康。

——眼泪的洪水会出现什么症状？能不能举两三个具体的例子说明一下。

安部：如果只是个人的问题，那倒不是大事。这

---

① 卡塔西斯，亚里士多德在《诗学》中阐述的观点，意为"净化""排泄"。指通过观赏悲剧而排解日常郁闷心情以净化精神。在精神分析中，指通过语言、行为等形式将压抑的情感表现出来，以消除心理压力。

② 卡塔西斯的日译是"カタルシス"，大肠卡他（肠炎）的日译是"大腸カタル"，二者都有"カタル"，安部以此比喻对卡塔西斯泛滥的不赞成态度。

155

又不是什么不治之症，用情趣爱好的问题来解释也没什么。但是，如果从集体形成的进化，从与量变产生质变这个程序相关联的角度来考虑，那是相对严重的问题。也许是现代所面临的基本问题。我说的只是一个相当粗略的图表，首先有小部落吧，扩大成村落，再扩大成町镇，町镇联合成为城市……这个变化过程中，不仅仅是谋求集体的向心力发挥其功能，保障个别化的离心力应该也产生作用。事实上，城市比农村匿名性强，行为模式的选择度也宽泛。左邻右舍交往打交道的规矩约束也很少，邻居号啕大哭的时候，你自己在家里哈哈大笑也无所谓。只要集会的自由得到保障，平时都更希望各自处于分散的状态。但是，下一个阶段……我完全是一种假设……集体的扩张超越城市范畴进入下一个阶段，就抵达国家这个终点。不论怎么继续扩大膨胀，前面不再有别的发展阶段。在进入国家阶段之前，集体的内在压力一达到极限，就与离心力互相反馈，复合结构，通过阶段性的发展达到平衡。但是，在国家前面已经没有其他的存在，只好在国家这个阶段停止下来。原本在这里所需要的处方阻止所有集体化的冲动，所有的国家都只能放宽国家的框架，鼓励个别化，除此之外，别无他法。然而，实际情况与此相反，其实国家在处理实际矛盾的时候，却试图向加强集体的方向推进。

——电视台予以合作吗？

安部：我认为是的。所以通过眼泪的洪水将疑似集体日常化，造成慢性中毒状态。那个什么奥运会转播，就是国家规模的总演练。

——奥运会也是眼泪吗？

安部：当然是眼泪啊。奏响国歌，国旗升起，获得金牌的日本运动员站在领奖台上热泪盈眶……无数的电视观众也跟着同时激动落泪。……如果算一个人的泪水是零点一克，五千万观众的话，就是五百万克，大约五吨的泪水啊。五吨是什么概念？要是轮船的话，那是一艘相当大的轮船。

——的确，笑无论如何达不到这样的效果。

安部：眼泪比笑具有组织力。

——笑的景象其实就是"疑似虚构"——当然没这个词——我是这么觉得。如果是哭泣这个行为将现实物语化，那么笑这个行为就是将非现实予以现实化。我觉得有这样的功能。

安部：笑不也多少有一些形成疑似集体的力量吗？最近不怎么使用了，以前有一句话说"请笑吧"，在寒暄的时候。对了，好像这句话在过去意味着"刑罚"。

——是刑罚吗？

安部：我在什么书上看过，把干坏事的家伙拉到村子的广场上，让大家围着取笑。

——啊，这家伙成为大家嘲笑的对象。

安部：眼泪和笑都形成某种团结，但的确有着微妙的不同。什么地方不同呢？眼泪容易仪式化，笑难以仪式化。所以眼泪的利用率高。反复对固定冲动有效。为了容易反复，仪式化最为合适。一旦仪式化以后，集体的稳定度就达到半永久性。婚礼、葬礼、开学典礼、庆祝出狱、七五三仪式、（船）下水典礼、开工典礼、修学旅行、成人礼……把这些仪式并列起来，就大体可以描绘出人生地图。仪式是把俗事神圣化。例如，结婚原本不过是男女个人之间的结合，但通过举行仪式，把性事部分掩盖起来，变质为集体可以共享的无可非议的类型。

人的社会里，集体和仪式看似不可分地粘连在一起，其实原本不是这样的。例如狼在捕食的时候——当然我只是从电影上看到的——一匹一匹的动作都疲疲沓沓，看上去似乎没有一定的纪律。但是，狼是捕食能手。可是，你……不觉得人的集体行为的榜样——军队的行进非常了不得吗？那完全是仪式的模范。通过语言的教育和学习……不仅加强了向心力，同时也抑制了离心力……就是说，如果没有彻底灌输进忠诚的美德和抗命的败德，就根本不可能出现那样的仪式化。猴山的猴子们不论有多么强大的团结心，也从来没见过它们步履一致地行走。仪式归根到底还是步调和制服……

——您说的安全门那件事很有意思，火灾中的集体化状态和电视机前的状态相当接近吧？尽管火就在身边，但大家聚集在一起的安心感导致呆若木鸡的状态，与大家观看同一个电视节目的安心感而呆然若失的状态十分接近。

安部：与之相对应的语言个别化的力场，即拒绝仪式的语言解毒作用如果处于充分发挥其功能的状态，也许没必要对电视台那么吹毛求疵。因为这与火灾不同，不用担心会烧死人。

——但像毒品。

安部：的确，就是毒品。内阁成员正式参拜靖国神社，其毒品效果是根本无法估算出来的。太大胆了。反对派说这是对宪法规定的信仰自由的侵害，那里面还供奉着战犯，其实这都没说到点子上，我认为不要问什么理由，就应该对国家仪式的完善、强化本身予以拒绝。

——媒体早晚也会开始兜售仪式化的。

安部：早就开始了。明星婚礼的实况转播、明星离婚的发布会、各种各样礼仪的指导、黑社会的介入……尤其恶劣的是体育节目。你瞧，全国运动会的时候，首先是运动员入场，接着是运动员代表令人恐怖的宣誓……起鸡皮疙瘩……简直就像纳粹一样右手斜举，扯着嗓门声嘶力竭地叫喊。不知道喊的是什么，完全是疯狂的表现，感觉就是在满嘴喷粪，叫人不寒而栗。但是，这是仪式，所以才可以这样做。允许仪式就是造成这样的结局。

　　——您是说从聚集在安全门前面的集体中脱离出来跑去取遗忘的东西那样的行为吗？

　　安部：在异常被正当化、正常被视为异端这一点上。但这不是与一直等待头目的心情接近吗？仪式也是揭露违反者的手段。

　　——听您刚才的一番话，我感觉日本社会的倾向里一直存在着集体化的向量，而与之相对应的作为现在的复原力这个应有的个别化逻辑变得薄弱了……

　　安部：日本人难以抗拒仪式，怎么说呢……顺从接受，这是事实。……不过，最近民族主义不是世界的趋势吗？所谓民族主义，就是国旗和国歌的礼仪集中体现。足球国际比赛就太厉害了。

　　——您认为这个倾向会一直持续下去吗？

安部：有这个感觉，但已经不再灰心丧气。不是也可以说因此更加明确了文学应尽的责任吗？如果要强调语言个别化这一面，自然只能归结到散文的本质。

我未必是推荐反仪式主题的小说，只是自己决心不把仪式化带进文体。常见到吧，那种煽情的公式化的文体，那就不好办。例如俳句、短歌，当然也包括散文诗，总是某种意义上的诗意表现……不，散文小说中也很多，文体的确是散文，但本能上是依附于集体、仪式，谄媚作态的抬神轿的角色……他们在主题上还应该标榜反仪式主义吧？算了，不说了，反正肯定不用担心我的小说会成为抬神轿的角色。也不知道什么缘故，我这个人天生地、自己甚至都感觉有点异常地彻底讨厌所有的祭祀节日仪式。

——我一直写俳句，对情况比较熟悉。原本俳句只存在非常革新的最前卫派和非常传统的最后卫派这两派，这倒没什么，只是最前卫派在最近五年全军覆没，只剩下传统派根深蒂固，前卫俳句自不待言，甚至连一点点的现代主义都遭到排斥。我觉得恐怕这已经深入到所有的体裁里，您在小说这个领域是怎么考虑的？

安部：我唯有相信可能性吧。完全排除仪式化的因素还依然站得住脚，不就是散文的世界吗？像音乐、

161

戏剧，如果不在什么地方和仪式亲近就站不住脚……

——散文能够对抗仪式化的理由是什么？

安部：仪式化本身就是强有力的语言功能。对语言有效的解毒剂除了语言，没有别的。这样的语言甚至可命名其为散文精神。不过，这个规定看来可以用作今后的评论标准。对我们来说，确立散文精神比攻击电视台更是当务之急。

——像电视那样有效地使人集体化的媒体以前有过吗？

安部：电视的出现还是划时代的。电影院、剧场的确是疑似集体的形成场所，但动员能力与电视简直无法相比。因此剧场、演奏会场的观众好强地陶醉于疑似集体，拼命地鼓掌喝彩，要求加演一次。虽然没什么坏处，却总感觉不愉快。所以我原则上不去音乐会，音乐就自己一个人在家里听。尤其是用耳机，一边听一边入睡，心情最为愉快。越是我喜欢的音乐，似乎越让我容易睡着。而且音乐会的气氛十分俗气，拘泥仪式。

——这么说，要求加演一次不是日本自古以来的习惯。

安部：哪一个国家不是都有自古以来的习惯吗？这姑且不论，仪式的传播固定化很快。尤其是日本人喜欢仪式。经常听外国人说日本人是一个容易集体化的民族。听到这样的评论，心情不是很好，可是日本人都挺起胸膛自豪地表示日本人是一个富有团结精神的民族。这有什么可值得自豪的呢？哎，大概是一种坚信吧。可是，炫耀团结是集体内在的普遍性倾向，不论东方西方。

其实，对于日本人的团结精神，我本人却经历过完全相反的体验。战争刚刚结束的时候，我在伪"满洲"。有一段时期，名副其实的无政府状态。这样的时期，说是奇怪吧，又不可思议。所谓无政府状态，也就是无警察状态。我们当然预料到会发生极度的混乱和暴乱。但实际状况并非如此，至少日常和日本军事占领时期没有任何变化，商店依然开门营业，餐馆照样热气腾腾。当然日本人的处境变坏了，长期以来依靠军事力量和警察作为后盾榨取利益，吸干油水，随着殖民地统治的崩溃，日本人的地位发生逆转是理所当然的。但是，这个逆转，并不是眼睛所能明显看出来的，只要有钱，照样什么东西都可以买到；如果你出售东西，对方照样付款。就是说，市民生活的基本规律原封不动地维持下来。不可理解吧，通货膨胀的确很厉害，但至少货币……说是货币，记不清了，反正是旧"满洲国"的纸币、苏联的军票，还有闹不明白是什么的纸币，混在一起使用……究竟用什么来保障这些货币的价值呢？说起来，这些货币有价值吗？哎，怎么说呢……反正只要在流通就有价值。只要拿到的钱能买东西，至于钱本身的身世，那是次要问题，无关紧要。我从来没有像那时候那样怀疑国家权力存在的理由。

在那种状况下，日本人行为模式的特殊性……虽然基本日常生活得以维持，但民族之间的力量对比已经完全逆转，所以不能像过去那样子狐假虎威，在街头、商店，比如说如果和中国人发生金钱纠纷，大家就必须立场平等地解决。这个时候，中国人也好，朝鲜人也好，都会一拥而上，围成一堵人墙。不过他们并不是站在本国人一边，对异族实行集体私刑。如果以审判比喻的话，他们就是临时组成的陪审团。所以当事人的吵架也很卖力，挥舞手足，但并不是真正的互殴，而是保持不触及对方身体的距离，口沫四溅地叫骂。就是被告与原告的一场大辩论，然后由陪审团做出判决。当然，陪审团里本国人越多越有利。这一点，中国人和朝鲜人集中的速度很快，一眨眼工夫就组成陪审团。然而，这个时候，简直不敢相信，日本人一个人也不来。刚才还有不少人在附近转来转去，就像电影里的特技摄影一样，瞬间就没有了影子。

——全跑了吗？

安部：全溜了。这么不擅长集体化的民族不是很少见吗？简直和纽约人一个样。

——这和喜欢仪式的国民性不是矛盾吗？

安部：不，也许正因为不擅长集体化，才依存仪式。所以对仪式所具有的魔力过分敏感，对所有的仪式都过分拘泥形式。

——电视的疑似集体化出现这样的特征后，会发生什么呢？

安部：我感觉会产生令人不快的影响。只会让仪式的密度越来越浓。对于散文精神来说，无疑是严冬季节的来临。

——感觉形象变得阴暗了，刚开始时谈论的毁灭以及毁灭愿望的话题与这个仪式问题是怎么结合的呢？是互补加强呢，还是互相拮抗？

安部：怎么说呢？……并没有那么直接结合吧。也许是道具与素材那样的关系。毁灭愿望在某种意义上的确与仪式的破坏愿望相关联，这一点也可以说是拮抗的概念。但是，要是想破坏现有的仪式，付诸具体行动，首先必须招兵买马，制定战略战术。就是成立破坏小组哟。以宗教为例进行分析更加通俗易懂，大凡宗教的教义深层都存在某种末日观。这有两个功能，一个是作为灭亡愿望用于招募信徒，另一个是使破坏现有仪式获得正当化。都是一回事，问题在后面，为了让神的战士具有不屈的斗志，使他们坚信破坏工作的使命，就必须赋予将他们集体化的动机，即灭亡愿望具有牢靠的稳定性。为此，最有效的就是教义的仪式化。于是再生产的仪式必须超越破坏对象的仪式。最初的拮抗概念的仪式和毁灭愿望在这个时候变质为互补加强。《樱花号方舟》也是这样，随着聚集在地下洞窟里的人数的增加，仪式化开始冒头，仪式之间的抗争日益显现。"猪突"领导的"笤帚队"老人们通过追寻失踪的不良女中学生们的热情加强了对集体的忠诚。对主人公来说，本来是用以逃脱的方舟，船内却生出了蛆虫。

——您所考虑的毁灭是什么样的具体形象？首先有一个核问题。最直接浮出脑海的是核武器造成的毁灭。当然，核武器扔下来，一切都会灭亡，但是否有其他别的……不是这种物理层面的毁灭……例如，怎么说呢……法西斯的抬头……其实我对法西斯这个概念，因为缺少实际感受，不想使用这个说法，但如果沿袭社会性地否定因果律的方向……

安部：大概就是所谓的爱国心吧。沉溺于过剩仪式里，处在奄奄一息的状态。核战争是肉体的灭亡，但在此之前大概还有更具有诱惑性的精神灭亡愿望。为了摧毁被人轻蔑为弱者的条件，拉帮结派，给予效忠的快感。虽然与强烈的排外主义适得其反，但也是一种疑似平等观。就连纳粹也扣着国家这个大帽子，还宣称自己是社会主义。看上去多么讨喜啊。还是只能用民众所向往的平等观作为诱饵。

——《樱花号方舟》中，在核炸弹实际扔下来之前就有了已经扔下来的感觉。

安部：对。核炸弹不是突然间扔下来的。那无非就是战争的手段。战争是国家间对立的结果。国家间的对立——甚至将临时休战称之为和平——是国家过于臃肿化，导致以自我为目的的结果。仪式化过剩，无法折回。这就是我坦率的毁灭形象。看到世间对仪式的宽容和合作，真叫人毛骨悚然。

——这个反仪式主义与下一部的《折弯勺子的少年》是如何结合的？

安部：怎么结合呢？……我还没想清楚，也可能结合，也可能不结合，至少反仪式的主题不是没有表露出来吗？所谓小说的散文精神，只要从字里行间像汗水一样分泌出对仪式的厌恶感就行了。我从小……也许是体质性的关系……不知道为什么，就一直对规律、协调、美、庄重这些东西怀有本能性的憎恶感。

167

这是一种自卑感吧，总之，就是喜欢那种现实性的、冰冷的感觉。所以我不讨厌"杀死天鹅"的构思。不过，为了封杀《天鹅之歌》而歌唱《杀死天鹅之歌》，这是恢复原状吧。还是金丝雀聪明，忘记了歌唱，给自己留下一个逃往后山的机会。

——这次在纽约召开的国际笔会的主题是"作为国家的想象力"。您对国家还留有想象力吗？

安部：不，我是反过来解释的：对想象力产生枯叶剂作用的国家。我对笔会毫不关心，不过这次还是应邀参加。这是极为当代性的主题。给我的感觉是美国的作家也很能干。

——对仪式饱和的国家不可能有想象力吧？

安部：嗯。"作为国家的想象力"简直就像是《爱丽丝漫游奇境记》中的"柴郡猫"。只有正面、没有背面的徽章。只有表现，没有实质。

最近日本也开始出现一些罕见类型的作家、戏剧人，可以说就是那种"柴郡猫"型的文化人吧，前不久还绝对看不到这样的类型。他们有的在政府部门担任要职，有的给首相指导演技……大概打算为国家弥补想象力不足的那部分吧。被国家认可的营养师……也太缺心眼了，国家已经根本不需要任何个别化的能量。

——这么说，国家在某种意义上说已经走到想象力的终点。还去帮助国家，这不是自杀行为吗？

安部：不如说应该认为他们早已自杀过了。就像鬼怪小说里出现的那种僵尸。

——也许是。

安部：在这一点上我越来越喜欢卡夫卡。那样彻底干净地过滤掉仪式的浑浊的作家实属罕见。如果以其作为评论标准的话，福克纳的位置就变得极其微妙，他一边被卷进仪式的漩涡，一边抓住另一端的个别化原理不松手。这一点与海明威不同。海明威总令人感觉到最后以仪式牌决定胜负的那种怪异的手法。

——是吧。如果是这么个观点……

安部：排除仪式，这比想象的要难多了。如果你是被动的态势，对方就逐渐渗透过来。在生命进化的淘汰压力本身里，大概就竖立着促使向仪式化进发的路标。如果不是有意识地通过语言不断地剪除割除，就立即会被仪式的茂密草丛吞没。仪式这东西，乍一看错综复杂，其实基本结构很简单。但是，和阿米巴一样，越是单纯的东西越具有强韧的生命力。洛伦兹对鸟的行为进行了很有意思的观察，例如鸟的求爱行为，发出"霹—霹—霹—"的叫声，然后转动脖子，再发出"霹—霹—霹—"的叫声……为什么要行使这么复杂的仪式呢？如此繁琐，令人费解。但是经过仔细观察，发现这只是它们寻食、喝水时互相交换信息、互相威胁这些平时极其单纯的习惯性行为的组合。当然，求爱行为对于繁衍种族非常重要。正因为如此，为确保达到目的，就制定出如验证副钥匙号码似的仪式步骤。

首先输入第一组数字……于是自动地出现输入第二组号码的要求……第三把钥匙是带电体……这样子，偶然完成这些必要的程序后，就无可逃脱地完成性行为。我觉得人的仪式和这个也很相似，婚礼也好，葬礼也好，分解为每个步骤，其实不过就是日常一个个平淡无奇的行为的累积。实际上，仪式没有意义也无所谓。如果互相把这个认可为仪式，那就成为仪式。而一旦成为仪式，就开始发挥其不可思议的魔力。所以，如果语言对仪式忘记了笑的精神，那就彻底完了。因为一般地说，仪式可以追加，绝对不可能有删除的时候。

——就和产业废弃物一样。

安部：只要不发生革命。

——我研究过中国历史。中国历史上有改朝换代，这是革命，常规做法是把仪式和官吏全部废除。反过来说，不流血，就无法对仪式和官吏进行清算。从这个意义上说，可以认为散文也已经到了需要革命的时期。规定和仪式增加过多，正在被仪式所压倒。而我们不仅没有危机感，反而甚至还有主动等待接受的想法。

安部：嗯。这就是现实。对仪式的倾斜如同万有引力无法抗拒。就说文学的力量，不论你多么振奋精神，其实十分有限。实际上，如果仅仅考虑现实效果，排除某个仪式的最好方法是设立另一个仪式与之对抗。要把《天鹅之歌》拽下来，只要有一首《杀死天鹅之歌》就行了。你死的时候希望别人给你举行葬礼？

——这个嘛，还没认真考虑过……

安部：我不喜欢。

——我非常理解。仪式的胁迫性渗透简直就是怪物。

时间差不多了，最后想就文字处理机提一个问题……

安部：这就算了吧。上面谈的都是很重要的话题，什么文字处理机，就别议论这个了。

——其实我从来就没有手写稿子，一开始写小说就使用文字处理机……

安部：这很少见啊。已经到这个时代了吗？不过挺好的啊，手写很烦人的。

——不过，手写也有其意义吧？

安部：没有。本质上几乎没有区别。有的只是才能的问题。

——文字处理机可以反复通过意识的过滤器，这个优点还是应该肯定的吧。

安部：手写的时候也有过这样的事。一部作品写坏三支钢笔，作废的稿纸堆积如山，都把膝盖给埋住了……这文字处理机也就节省一些浪费的劳动力嘛。还是别在意文字处理机了，不过，你是我见到的第一个没有手写过稿子的人。以后好好看你用文字处理机打出来的小说吧。

IV

住在地球仪上的加西亚·马尔克斯

　　关于马尔克斯，他已经获得了诺贝尔奖，现在我觉得没必要再说什么了。只是打算把以前想说的话清仓盘点一下……可是，从哪儿说起呢？根据大家对马尔克斯了解的程度，我的说话方式也随着改变。还是适当地谈一谈感觉大家不怎么了解的情况。我说"感觉大家不怎么了解"，还不至于令人不快吧。

　　马尔克斯获诺贝尔奖的前一年，是卡内蒂获得该奖。卡内蒂获奖之前，我对他不了解，心想又是一个古怪的作家获得了诺贝尔奖。但是，法政大学出版局出版了他的全集。我素以博览群书自豪，说的是发现、阅读别人不看的、奇特的书。连我都不知道卡内蒂，赶紧借来阅读。今天没有讲述卡内蒂的安排，所以就简单地说几句。这是个了不起的作家，我敬佩诺贝尔文学奖评审委员会的高度见识，同时也佩服法政大学出版局的见地，而且对自己的无知感到羞愧。恐怕在座的百分之九十九也不知道吧。即便在获奖以后。其证据就是他的书依然卖不出去。于是我想有什么办法呢，就到 NHK 做宣传，说这么有名的作家都不知道，那是一种羞耻和不幸。心想多少有点效果吧，后来一打听，好像只多卖出 1000 本左右。日本的读者还是事大主义，大概不成为周刊杂志那个档次的话题就卖不动。

这个事大主义对马尔克斯的作品在某种程度上也可以这么说。他的《百年孤独》相当早以前就已经翻译过来。我阅读这本书的起因，说起来又是感觉惭愧，唐纳德·金先生问我："看过《百年孤独》吗？"我回答说"不知道"，他说："这怎么行呢？这是为你而写的小说，一定要看。"我说"我不懂英语"，他说："开什么玩笑，不是翻译过来了吗？"于是，我连忙给新潮社打电话，把书买到手。一看大吃一惊，这样的作品自己怎么竟然一无所知！我问新潮社："这么重要作家的书出版，为什么不做广告啊？"对方说："做广告了啊。""我没见过。""的确做了。"这是很早以前的事情，后来我开始关注《海》等杂志所刊登的拉美文学，读到各种短篇小说的译文。可是，毕竟还只是一部分人关心，虽然比卡内蒂的时候要好一些。而且因为有名，难以消除误解也随之扩散的担心。从报纸等上面有关马尔克斯的文章来看，一味介绍他是拉美作家。他是拉美作家没错。哥伦比亚作家。这一阵子，谈论拉美文学成为一种时尚。博尔赫斯、卡彭铁尔，还有是念廖萨还是念略萨的——有的说略萨的读法是正确的，都可以吧。这些作家最近几年都是诺贝尔奖的主要候选人。但因此能否就把他们统称为拉美文学呢？我表示反对。我觉得用这样的观点来看待马尔克斯是错误的，我感觉略萨和马尔克斯完全不在一个层次上。

这已经是相当早以前的事了，那个时期，美国的出版社以克瑙夫为主推出黑人文学，同时平行注重犹太裔作家的作品。后来是中南美。克瑙夫出版社的总编辑在十几年前说的这一番话。从那个时期开始，美国就开始关注中南美文学。但是，此前的黑人文学和犹太文学热潮，二者貌似一样，其实有着本质的不同。黑人文学在热潮过去以后立即无声无息，而犹太文学如今成为美国文学的主流之一，更无须加上引号标注"犹太裔"了。那么，在美国掀起的中南美文学热潮应该认为是哪种类型呢？无论如何，其动机也许是商业主义，因为美国的出版社是大资本。问题是中南美文学是采取黑人文学式还是犹太裔文学式的扩展方式。要说我的意见的话，中南美有的作家只能得到对黑人作家那样的评价，但有的作家会确保与犹太裔作家相似的地位。不是热潮一过就销声匿迹。尤其是加西亚·马尔克斯，正如一部分犹太裔作家甩掉"犹太裔"这个引号一样，他是一位也可以甩掉"中南美"这个引号的作家。坦率地说，略萨还不到这个程度。这个不同点是很重要的。也许我说得有点极端，但不这么多少有点极端，大概大家不会领会。

我想，马尔克斯的魅力首先在于他从"哪里哪里的作家"这个所属的引号中脱离出来。非要说他所属的话，他属于时代。他是属于与其说是空间，不如说是时间；与其说是地区，不如说是时代的作家。马尔克斯本人似乎对现实的共产主义持相当严厉的批判态度，但他显然是左翼作家。现在还不允许进入美国，然而，他是美国哥伦比亚大学第一个授予名誉博士的外国人，最早的理解者也许也是美国人。当然，苏联、东欧也谈论马尔克斯，学生们的反应都是感到兴奋惊叹。我说不好，总之，马尔克斯的文学正走向世界。如果说与地区相对应的是国家，那么与时代相对应的是世界。就是这个意思。这种类型的作家的崭露头角，大概是从二十世纪三十年代的魏玛文化开始吧。那个倾向与其说是德国，不如说应该是国际性的。这个话题绕不开流亡的犹太人。众所周知的布莱希特……还有埃利亚斯·卡内蒂位于其周边。如果把圈子再扩大一点，弗朗茨·卡夫卡也包括在内。这三个都是犹太人。犹太裔作家战后在美国脱颖而出之前，就开始出现流亡者文化的萌芽。当然，那也是纳粹迅速形成的时代。在文化正获得国际性的时代里，政治却热衷于推行民族主义。文化的确是软弱的，不论多么努力振奋，对希特勒还是束手无策。所以，我也不想谈论希望性的观测。但是，不可否认，这个流亡者文化对第二次世界大战以后的文化产生了巨大的影响。不仅魏玛，巴黎也是如此。第二次世界大战之前，巴黎是流亡者的天堂。前卫艺术几乎都是从魏玛流向巴黎，以这样的形式被继承下来。西班牙裔的流亡者中，也有不少人经由巴黎前往中南美。可以认为，他们继承了那个狂风暴雨般时代播下的种子，在中南美生根发芽。例如电影人路易斯·布努埃尔就是一个典型。他从西班牙流亡到美国，但在美国不能使用自己的真名，只能使用笔名在好莱坞工作。战后突然出现在墨西哥，创作出不朽的名作《被遗忘的人们》。能否说布努埃尔是墨西哥的电影导演呢？这极具疑问。他也不是西班牙的导演，和毕加索一样，他是世界的艺术家。

一般认为，中南美作家的精神底层流淌的是从第二次世界大战之前的革命与反革命这个巨大的摇摆中穿越过来、在第二次世界大战以后萌芽的历史感觉。马尔克斯也是如此。抛开那个时代背景，仅仅就中南美这一个地区文化进行思考，就无法理解。把握马尔克斯，国际性的视角十分重要。这不是他的作品在全世界被翻译、他获得哥伦比亚大学名誉博士这样的国际性，而完全是超越局部视角这个意义上的国际性。《百年孤独》这部作品真的令人惊叹。其背景以及人物的风俗习惯也许的确是中南美，与日本人不同，饮食辛辣味浓，吃下去以后，身上三天还有气味，但如果只是执迷于这些东西，就会陷入巨大的误解。其实这些并不重要，最终还是照射出现代这个特殊时代的人际关系的强烈光芒。也许可以说中南美作家的处境使他们尤其容易捕捉时代。用不着特意寻找，随处可见破损的共同体的残骸。以前日本也还存在相当明显的共同体残像，至今还令人怀旧眷恋。例如演歌，那是被共同体排挤出去的人们的歌声。共同体消亡之后，留下怀旧情感。这种共同体崩溃过程中发生的人际关系的变质以及反作用……这就是马尔克斯的中心主题。所以表面上看，舞台只是乡间，或者小镇、村子，但把握的方法只能是明确的城市文学。为什么说是城市呢？因为如果是村落的话，那个村落已经不是一个地区，而变成了时代的话题。

不论我怎么解说，大家还是不知道马尔克斯的真正情趣。这样的解说无法完全阐述马尔克斯那种如魔术师般一下子抓住心灵的力量。总之，他的作品，你读前和读后，自己会感觉发生变化。最重要的是你会觉得"啊，值得一读"，如果对他一无所知，那将是巨大的损失，自己幸好没有错过。这才是扩大世界，与具有如此力量的作家相识终归是一件大事。这也许就是唯独文学才具有的力量。

　　的确，语言是不方便的，即使赋予多么大的想象力，与影像相比，还是间接操作。观看生动的画面形象要轻松得多。但是，正因为间接操作，语言在受众一方的想象力自由度十分广阔。也许利用数码和模拟进行解说更加通俗易懂。想象本身就是模拟的信息，是原封不动地传递，还是转化为数码后再传递呢？一旦数码化以后，如果不再次转换为模拟，就无法成为形象，所以要求比较复杂的操作。但是，这种转换必须自己来完成，因此可以说语言方面具有很大的自由度。虽然有些麻烦，但毕竟可以开创自己的想象。这个不同还是很大的。所以说，尽管进入了影像时代，文学也不会消亡。这不是所谓高级、传统之类的问题，不如说是表现与认识的机制问题吧。说起来，如今是连环漫画时代，那会是怎么样的呢？有人说，连环漫画是通过模拟传递模拟，所以效率高。的确，可能会一下子怦然心动。可是仔细一想，是什么让你怦然心动？那不就只是模拟化的数码吗？……其证据就是连环漫画拟声过多的现象。这是将模拟信息强行数码化时产生的拟声、象声。今天不是讲演语言学，就到此为止吧。日本人原本就有过分依赖数码信号的倾向。角田忠信氏的著述《日本人的脑》认为，这似乎与日语结构有关。就是说，仅仅使用元音就可以表达意思，因此元音也被左边的语言脑接受。现在的研究表明，除了日本人和波利尼西亚人，其他人全部都是用右脑接受元音，左脑只接受辅音的分节。为什么只有日本人和波利尼西亚人的左边语言脑一股脑儿地接受元音和辅音呢？日语里的确存在只有元音的现象，例如角田在这本书里举出有名的例子，大家把四个"O"并列在一起。如果连续发音的话，除了日本人和波利尼西亚人外，其他人所发出来的音都不会是语言，可能只是单纯的语声，但日语可以表达明确的意思，大概是"王を追おう（追赶大王去）"的意思吧。没有辅音的分节，仅仅元音就有语义。这的确是奇特现象。不知道为什么会这样。这么说，在用日语说话的时候，把辅音省略掉，大概也明白说话的意思。大家试试看，"学校に行こうか"，把辅音抹去，意思大概也明白吧。但是，欧洲语、中国语、朝鲜语，反过来如果把元音抹去，意思大概也明白。即使故意模糊元音的发音，只要辅音分节清晰，意思就听得懂。波兰语好像甚至有八个辅音并列的例子。在日本人听来，根本不像语言，感觉只是"喊喊喊喊"的鸣叫。如果仅仅这样，这只是传递形式的不同，不是本质问题，也就是β方式还是 VHS 方式的程度不同。但是，自然音里存在各种与元音的结构相近的语音。日本人和波利尼西亚人把与元音的结构相近的几乎所有的语音都通过左边语言脑接收。所以日本人喜欢把狗吠、虫鸣、鸟叫的声音拟人化，将狗吠、虫鸣变成语音。左脑就是数码脑，右脑是模拟脑。从本质上说，日本人好像是数码人。例如对孩子的教育、婴儿的哭声，日本人自然作为数码信号予以接收。就是用左脑听。但是，日本人和波利尼西亚人以外的人似乎只作为单纯的声音、音响用右脑听。所以，教育方式自然也就发生变化。日本人从婴儿开始就是数码式的哭泣，怪不得容易患育儿神经官能症。

我的讲演好像偏离了马尔克斯的话题，就是说，日本人不看文字，连环漫画的流行，我认为这些都是左脑负担过重的结果。如果真是这样，那是命中注定。的确，左脑、数码脑的优势也许擅长技术性的工作，所以造汽车很不错。但因为右脑闭塞，只剩下左脑，所以看东西只是看连环漫画，不能看小说，也许这是

183

难以避免的。想到日本人绝望的不幸，也许我应该放弃，如果那样的话，马尔克斯在日本就卖不出去，卡内蒂也卖不出去。只有极少数看小说、可以理解小说的人为孤独而痛苦。这样的话，我在这里讲演就失去意义。是不闻不问，还是多少做点努力调节一下脑子呢？作曲这个工作没有右脑好像不行。日本的作曲家有的在国际上获得很高的评价，所以似乎也不能说日本人的右脑先天不行。

如果仅仅是维持世间的人际关系，的确可以不要右脑。这样的人没有幽默感，讲死理，看看你们的周围，有这样的人吧。读书成绩很好啊，可就是缺少情趣，怎么办呢？有什么办法让他的右脑萎缩呢？我是现买现卖角田先生的话，据说音乐很有效。还有芥末好像也不错。还有一个，就是氨气。拳击比赛休息的时候，运动员回到红蓝角，在他鼻子上吱地喷气的那个东西。不过氨是烈性药，不要轻率乱用。还有一个东西，就是"金冠"药水，被虫子叮咬，抹一抹，不过好像毫无效果。不用氨气不行，但一定要买药用氨水。要是工业用氨水，闻一下，鼻子就会发炎。酒好像不行。一喝酒，像是解放了，其实右脑封闭，只有左脑开放。这么说来，日本人一喝酒，就忽然开始没完没了地喋喋不休，完全被数码化了，所以缺少幽默，只剩下絮絮叨叨的啰唆。这个时候，吃点寿司，用芥末恢复一下右脑不是很好吗？可能这是体验性的治疗方法吧。我觉得连环漫画多半有害。所谓连环漫画，相当程度看的是情节，看似没有情节，其实情节过剩，而且拟声很多，"呀！""嗷！"全都不过是装作模拟的数码。而且还是幼稚的数码。一边看连环漫画，一边喝酒，这就成为典型的日本人。

现在回到马尔克斯的话题上来，我本想谈如果不从这样的视角就无法真正理解马尔克斯。这是超越含意和解释的、更加模拟的、最终用语言无法置换的因素，即艺术。不知道马尔克斯的人，右脑有危险，也许多吃芥末、多听音乐有好处。先从短篇看过，顺便再看一看卡内蒂的作品。但是卡内蒂的小说只有一部《迷惘》，那是他二十六岁的时候，1930年左右的作品。到现在也还有诺贝尔奖的感觉，但要说有见识，也可以说有见识。他是经受过痛苦煎熬的作家。西班牙裔的犹太人，长期不被认可。他是世界上第一个撰写卡夫卡论的人。可能看得太多了。他也写剧本，但在演出的时候，观众纷纷中途退场，也受到报纸的抨击。他去英国，真正是穷愁潦倒。完全偶然的机会，萩原延寿那时候在牛津大学，也是囊中羞涩，课后到一家小酒馆，喝啤酒吃面包。他发现经常坐在他旁边的是一个老头。因为自己也是亚洲黄种人，孤独又没钱，很快和老头成为朋友。觉得是一个脑子聪明的乞丐，于是试着交谈高深的问题，结果发现他比自己懂得多。问他的名字，他说是埃利亚斯·卡内蒂。萩原记住这个名字，心想不愧是英国，还有这么出色的乞丐。前年，萩原打电话问我："一个名叫卡内蒂的获得了诺贝尔奖，他是什么人啊？"我回答说："我也不知道。""我认识他。我还以为他是乞丐呢。"接着把自己过去的巧遇告诉我。卡内蒂就是这样一个一直忍受孤独的作家。非常了不起。希望大家无论如何去买他的书阅读，不过大概你们不会去买的。但马尔克斯的短篇还是可以的吧，也为了自己的右脑。好了，我没有话可说了。

读 "明日新闻"

——安部先生的小说中的人物都对洞穴表现出特殊的关心，有的钻在洞窟里，有的罩着箱子，有的封闭在砂洞里……而且这些洞穴不是单纯的舞台布景，您赋予它们与人物同样的作用。在您看来，"洞穴"是现实本身呢，还是为了透视现实的反现实呢？

安部：我的小说的确多是在例如地下采石场废墟这样的封闭空间的舞台上展开的，而且这个封闭的空间本身就经常成为主人公。《砂女》《箱男》、新作《樱花号方舟》，还有最近出版法语译本的《密会》……在这一点上具有共同性。可能设计为封闭空间比较容易透视状况的缘故吧。就是说，封闭空间起到假设的作用。假设的设定是现代文学不可或缺的重要方法之一。

不过，《密会》里的"医院"的空间结构令人害怕。说实话，为了回答你采访的问题，我时隔八年重读这部小说，连我自己都被吓得毛骨悚然。我极少重读自己的作品。一是不重读，二是立即忘在脑后。所以我对那些谈论自己作品的作者的话不是很喜欢，也不想相信。对这篇采访的文章，我也不想负什么责任。可是，难得重读一遍，倒是感觉可以多少谈一些感想。

最初的"医院"是一个巨大的封闭空间，不论怎么巨大，既然是封闭的，就必须是由界线圈定的有限空间。但是，当寻找失踪的妻子的主人公踏进"医院"里面第一步的瞬间，"医院"就开始向内部无限地扩大。冲破地图，如癌细胞一样蔓延，最后把"医院"外面的市街全部都圈入自己的内部。这是一个不存在内外差别的牟比乌斯带一样的世界。对于住在"医院"里的人来说，这儿已经成为世界本身。就是只有住院、没有出院的永恒的"医院"……

如果允许这样的"医院"存在，那么事态将变得极其严重。人们不得不放弃健康的概念。可不是吗？如果医院变成世界本身，人们就会变成原本就是"患者"。不，并不是什么非常特殊的世界。换言之，也可以说仅仅是普通的原罪观念。只要成为一个老实承认自己是病人、希望痊愈的好患者，心灵的平静就能得到保障。所以连医生都将"好医生是好患者"这句话作为口号。也许就是这样，因为对疾病的自知是一种自我认识。

　　而且，以健康作为常态自居的世界未必就是令人心情舒服的世界。举一个极端的例子，被希特勒塑造形象的"优等民族"的王国。当承认健康不仅仅是患者的梦想，还是事实上的尺度的时候，纳粹的种族歧视主义就立即抬头，这令人无法忍受。也许人原本就是"患者"的存在。种族歧视的种子都多少混进任何民族的意识里，所以如果解剖正统和异端，将自己置于正统一方的话，那就不能不身不由己地卷入"搜捕女巫"的狂热行为里。最终只能承认以"健康"作为名义的病人。

　　我惊讶的是甚至洛伦兹这样的大科学家——动物行为学的康拉德·洛伦兹——在思想上也陷入极其严重的种族主义。在阐述动物的时候，他显示出敏锐的洞察力，但谈到人的时候，暴露出残暴的蒙昧。例如他的理想人物形象只是身体比例均衡这种根据薄弱的标准。所以断言从黄金分割中感受到美缘于人的理想的体型。真的很可怕。如果出现赞成洛伦兹观点的分子生物学者，那就难免不会以他的正义之名对全人类的身体比例按照黄金分割的标准使用转基因技术。我对此持反对态度。相比之下，充满热情地将自己患者化的医生所管理的这家"医院"不是更加人性化，还是能够忍受的世界吗?

这么一想,《密会》所建构的世界虽然令人恐惧,却还是有贴近现实之处。我时隔八年重读这篇小说,似乎觉得有一半出于他人之手,但逐渐产生在"医院"里生活的感觉。当然不是愉快的感觉,而是无法忍受的恐怖。最令人害怕的形象是这家"医院"每天都在狂欢,但不是普通的狂欢,而是主人公想象在看似生橡胶的天幕之外也在为巨大的妖魔举行的一场狂欢,"医院"只不过是其中的一个节目而已。……麇集的密度逐渐变得浓厚的感觉是我最厌恶的感觉。

这也是《樱花号方舟》的主题,现实而言是国家的仪式部分逐渐臃肿的感觉……我强烈感觉到新的国家主义抬头是最近世界的动向。像是逼着你不得不看国家仪式的时尚表演,心情很不愉快。最近我开始对国际体育比赛、奥运会这些东西表示严重的怀疑。国歌、国旗、泪水的仪式……这些精神卫生的危险品,有必要媒体总动员喧闹不休地炒作吗?

——建构《密会》世界的"时间"结构也很特殊。不是按照昨天、今天、明天这样体验性的时间流动态,而是压缩在作品的"今天"里。可以说是螺旋形的时间,也可以说是时间的汞齐吧,感觉迷失在奇妙的错觉画的世界里。

安部：其实我并没有刻意追求"吃惊屋"① 效果。如果想到对写作这个行为所产生的作者、作品、读者的三角关系赋予必然性，首先就必须忠实于正在写作的"现在"时间。至少不想在作品的内在世界里用"貌似事实"的砂糖撒满"事实"上面。在古典现实主义的时间里，即使"貌似事实"在一定程度上得到保障，"事实"本身却被剥离出来。

——这么说，"马人院长""萎缩的姑娘""患棉花病变成坐垫的母亲"……这些奇怪的空想的小说人物其实也可以认为是事实本身吗？当然具有现实性。甚至令人感觉可怕，但并不认为那是事实本身。还是您在更深的其他某种意义上使用这个"事实"呢？

安部：不仅人物，在结尾部分出现的"明日新闻"……那也不能仅仅作为比喻、寓意去理解，希望读者作为事实予以接受。的确在欧几里得空间里，平行线不相交是事实。但是在非欧几里得空间，平行线相交反倒成为事实。人变成虫子事实上不可能，但在卡夫卡的《变形记》里就成为事实。如果只是把《变形记》当作单纯的寓意去阅读，那就无法真正理解。

---

① "吃惊屋"，利用错觉以及物理现象令人吃惊的游乐园娱乐设施。主要是让人产生房间旋转、墙壁倾斜、球从低处滚到高处等错觉，还有凹凸镜等娱乐设施。

卡夫卡在那部作品里事实上已经创造了人变身为昆虫的世界。只有这部作品才有可能创建的世界，这就是文学存在的理由。

这次重读，我越来越喜欢那个患"溶骨症"的身体溶解萎缩的姑娘。尤其是那个坏心眼的女秘书将"萎缩姑娘"当作靠垫放在轮椅上。从这个故事情节开始，一下子增强了实在感，之前多多少少的怪异感觉也完全消失，可以与紧紧抱着姑娘的主人公的心情完全相通。对我来说，事实，或者实在就是这样的东西。

——作品里出现"人际中枢"这个词，我认为这是开启作品谜团的钥匙。这个"中枢"在生理学上是真实的存在吗？

安部：不可能。这当然是我生造的词语。和"明日新闻""溶骨症"一样，都是在我所创建的现实世界里的新造词语。不过都是富有含义的词语吧。我很喜欢，甚至感觉也许将来发现是真实的存在。也的确是解读作品的一把重要的钥匙，也许可以把这部小说视为"人际关系"的一种地图册。……谈话差不多到此为止吧，不想继续对自己的作品进行这样的解说。我一开始就说过，作者未必就是最好的读者，而且不久前一位美国著名的文学评论家对《密会》进行过一番不同寻常的评论。他说不要责备书中对性的异常浓厚的关心，因为日本有着数百年色情文化的传统。如果向这位评论家征求他对卡夫卡的看法，他大概会这样回答：不要责备他的不合理性，因为波西米亚地区有着数百年奇异怪诞的传统。需要作者解说的读者，与作者一样，都不会是好读者。

核避难所中的展览会

采访者　艺术新潮编辑部

——安部先生的新作《樱花号方舟》的舞台是核避难所。这样的避难所现实中没有，只是作为一种可能性而存在。于是，为了人生存下来的各种东西都搬进避难所里，但有一点觉得奇怪，就是缺少美术品。有立体声音响设备，也有摆满书籍的书架，为什么唯独没有美术品呢？是故意这么设计的呢，还是主人公爱好的问题呢？

安部：这个问题有意思。其实我接到你的问题之前，没有明确意识到这件事。你这么一说，还真是这样。《樱花号方舟》里所有地方都没有美术品。是因为我的脑子里没有，不能将其归咎于主人公的爱好。为什么呢？也许这是关系到美术本质的问题。为了通俗易懂，把场景设定简单化，想一想漂流到无人岛上的情形。如果不得不漂流到无人岛，他所携带的最低限度的必需品里是否要放进美术品呢？

当然，核避难所与无人岛在本质上不一样，就像

194

判有期徒刑的囚犯与判死缓的囚犯那样的不一样。这一点以后有机会再探讨。还有，如果仅仅谈论形态上的类似性，也有希特勒将美术品藏匿于盐矿的例子。想来想去，那边脉络相通，这边互相矛盾，也许以后会发现问题点。还是从无人岛开始吧。

对……考虑到各种情况，还是不要美术品。大概不会带去。除了生活必需品和粮食以外，其他的……最多也就是录音机、音乐录音带和小型随身听那种东西。可是需要充电，这不好办，所以需要太阳能电池。还有书……不是很想带……可能要带，带什么书去，现在想不起来。慢慢想，有可能想得起来。可是美术品不行，不是感觉百分百需要。

不，也有例外。如果不是被放逐到无人岛上的流放犯，就有可能得到救援。就是说，那种满载美术品的轮船遭遇海难，就一个人幸存下来的情况。如同《鲁滨孙漂流记》那样，只是在等待救援的这一段时间里自己争取生存下来，那么感觉美术品还是不错的。只要经济体系的保障延续下来，美术品也就有其存在的理由。但如果是绝对没有救援希望的无人岛，或者像康拉德小说中的人物那样，每当有船只靠近就躲进丛林隐藏起来的遁世者……如果是这样的人，即使有《蒙娜丽莎》的真迹，也不会带去吧。当然，什么钻石、金子，都不带去。就是不要财产。

——这么说，美术品就变得只有作为财富的价值吗？

安部：不应该这样。我觉得这是极端的说法。但是，美术品具有财产性，不也是事实吗？美术家们听了可能不高兴，但不应该对这一点视而不见。音乐就不能财产化，可以换钱的就是著作权或者演奏技术。你可以把独创性卖出去，却也不能卖原创。音乐诞生以后，持续一定的时间，然后消失。它没有作为"物"存在的空间，只能是以现在进行时的形式直接体验这个时间。所以会反复听自己喜欢的音乐。这是用其他方法不可能补充的体验。你不妨向别人介绍一下自己所喜欢的音乐，最多也就是说到"非常美的音乐，太好听了"这个程度吧。不仅无法表述怎么美，简单的歌谣姑且不论，总之连自己也不可能获得补充的体验，只能实际去听音乐。

——那音乐评论依据什么而成立？

安部：依据什么啊？我不清楚，大概如果是专门研究（音乐理论）就成立吧。音乐在演奏之前有一个符号化程序，就是作曲。但是，只有乐谱，（除专家外）无法欣赏音乐。研究的成立也是在乐谱阶段的结构，我觉得对演奏这个表现阶段的评论没有意义。事实上，我阅读有关音乐的评论，没有让我产生共鸣的，本来就没有阅读的兴趣。

——按照您的逻辑，有关美术的评论能成立吗？

安部：也许多少比较容易成立。美术作品要正确传递内容，只能显示实物。那幅画，这幅画，不论口头怎么说明，都无法完全再现实物，但在自己的主观意识中可以一定程度地再现。虽然不能完全，但可以相当程度地浮现出来。这与音乐不同，也许对符号化不需要太多的专业知识。音乐如果不利用数码进行符号化处理，就难以传递给与此无关的第三者，但美术由于模拟性的省略，可以做到这一点。这个例子以后会变成老生常谈，即使利用电脑图像将蒙娜丽莎抽象化，也会有很多精华留下来。从美展评委的那种超速看画的状态就可以知道。瞬间的视线就能品味画作，这种容许范围的宽广使评论成为可能。

——您所说的使评论成为可能，也意味着存在值得评价的价值吗？没有打动人心的作品，就不会激发评论的冲动吧。

安部：那是。如果说美术或者造型中没有打动人心的作品，未免过分。我不想吐此谬论。我只是想指出这样打动人心的作品不是无人岛所需要的那一类。是这样吧？自古以来，名画总是所属者如影随形。这不只是单纯的持有，还包含向别人夸耀的快乐。要装饰这样的美术品，需要与之相适应的场所。就是说，这是财富的象征。憋屈窄小的六叠房间也就适合挂历上的画。当然，过去的音乐也是如此。巴洛克之前的音乐，除民谣外，音乐创作可以认为都是领主、王室的私有物。王族举办演奏会向别人炫耀音乐。当然也有像路德维希这样的怪人，要自己一个人独自欣赏瓦格纳的歌剧。最终还是成为作曲家、演奏家的赞助人才是权势的炫耀。不久整个就集约为"城堡"的建筑模式。

不过，音乐本身是从所有者的手指间穿越过来的，不是美术品那样的"物"。不论何时何地，谁在演奏，（即使擅自使用），也不必担心被指责为赝品、仿品。所以公民社会具有一定程度的自律性以后，就立即为公众举办演奏会。

——美术也是从某个时期开始，紧随音乐之后，不是在美术馆等举办公众性展览吗？

安部：不，时间上应该有差距。我没有查找，记不准确，美术馆大概始于十九世纪吧。音乐要古老得多。从各个视角比较展览会场与音乐会场的不同点应该很有意思，但重要的是它们后来的变化。音乐进一步发展，进入复制的时代。唱片、磁带、盒带、

CD……由于技术的进步，甚至连多少还保留着原创气氛的演奏会也变得相对化起来。进入了个人享受、大众消费的时代。当然也有的乡下人花几万日元去欣赏著名钢琴家的演奏，去观看著名乐团的音乐会。乡下人，说得不好听一点，就是闲人，或者是庸俗的教养主义者。都想沉浸在私有时代的乡愁里。我这个人，听音乐，就是随身听。缺点是音域窄（所以有时用喇叭听，修正自己的感觉）。总之，躺在床上听最惬意。不是跟你开玩笑，这躺着听，可是事关艺术本质的重要问题哟。

当然，复制优先于原创的门类，小说绝对是大哥级的。如果用时间轴和空间轴画一张坐标图，小说位于美术和音乐之间，但如果考虑表现形式或者结构要素，则远远优于二者，是数码式的形式。大概这是使活字印刷这个媒体充分发挥作用的原因。应该说这是由于活字印刷的发明才得以确立的门类。就是说，以复制为前提发展起来的形式。所以说，作为门类是新手，但作为复制文化则资历最老。我听说旧书店将作家的手稿标以高价出售，实在愚蠢，其实价值在于复制。只要没有古董那样的价值，就没有私有的意义。尤其作家开始使用文字处理机以后，甚至失去稀有价值。但是，运用电子技术的新媒体问世以后，印刷品

199

能否保存下来都受到怀疑。最近美国发表了研究这个问题的很有意思的成果，好像是说通过大型计算机测算的结果，请大家尽可放心。其理由独特新颖。例如小说吧，说百分之七八十是躺着看。这与电子机器不同，印刷品完全不受时间、地点、姿势等限制是其生存下来的理由。如此说来，音乐、随身听也好不容易才赶上小说的水平。

——可是美术也有复制。印刷技术也相当发达。

安部：但是与原作无法相提并论。

——版画和摄影怎么样？

安部：对。令人感觉复制化的可能性。版画本来就是一种印刷品，但不知为什么限定的张数受欢迎。摄影作品最近不也是把原版标以高价出售吗？依然被传统的价值标准束缚手脚。全息摄影技术的进一步发展，几可乱真的雕刻、立体物都有可能复制，但有人通过全息摄影的空中照片鉴赏陶器茶碗就可以满足吗？如果茶碗不是引以自豪的私有物，就没有任何价值。为什么唯有美术不能砍断原版的脚镣呢？也许这是美术的宿命吧。如果是这样的话，怪不得美术品上不了无人岛必需品的名单。

——的确很少有以复制品的版税作为主要收入的画家。如果有的话，大概是那种图案设计师吧。工业

200

品图案设计师中，也许有人签订这样的合同。

安部：是这样。工业图案中也有可以称为美术的作品。钟表、照相机、汽车等的设计……显然大量生产的复制比原型更有价值，但作为作品的独立性很低。工具的功能与设计无法分离，不可能不要汽车，只要汽车设计图案的。只是把设计图案撕下来带去无人岛，这简直就和饲养《爱丽丝漫游奇境记》中的那只柴郡猫一样。

——等等。《樱花号方舟》的主人公好像把照相机带进去了吧。即使不需要他所创作的作品，但好像没有否定自我创作的要求。

安部：是的。胶卷的补充、显影、洗印这些问题没有解决，如果无视这些，把照相机带进去也不坏。这就是说，从装运的货物中排除美术品，但还不至于拒绝造型的冲动。也许是这样。漂流到无人岛上，大概要自己和泥烧碗，在墙壁上还要画什么记号。

——就像拉斯科洞穴壁画。

安部：这是造型的原点。回到原点，重新思考，也不坏。

——您是说创作行为比造型美术的欣赏更有意义吗？

安部：不，不能这么断言。我不赞成作文补习班、精神病的演剧疗法诸如此类的艺术自然发生的主张。不论我怎么和泥揉捏，也不会成为作品。如果基于这个观点，音乐也没有必要带去。自己就可以哼唱歌曲嘛。表现是仪式的属性之一，不过是通过他人的自我认识。创作行为是更高一个层次的问题。总而言之，无人岛上的生活必需品在造型方面仅仅有朴素的表现冲动就足够了，如果还要音乐，那么要求就过高了。当然也有例外，如果漂流到岛上的是才华横溢的画家，那他揉捏出来的黏土也可以是出色的作品；如果是音乐家，他哼唱的歌曲也可能是一部优秀的交响乐。即使严重重听，但如果是贝多芬，照样可以作曲。不过，这些都是例外。就我而言，如果我在毫无获救希望的无人岛上是否写小说，不把我置于该地，现在是不好说的。

——如果您会弹吉他，也会把吉他带去吧。这和照相机同样的意义。

安部：对，如果没有吉他，或许会把树枝掏空做一支笛子。所以问题是造型的冲动可以通过照相机得到满足，为什么自己制作的笛子就不能得到音乐上的满足呢？这不只是因为对自己作品的欣赏方法的不同，或许有着更加本质上的不同。照相机是利用感光材料固定影像的机器，之前有一种东西叫"暗箱"。只有一个小孔的暗箱。过去画家把大暗箱拿到室外，临摹映照在墙壁上的外面的风景。一般将其视为照相机的雏形，是感光材料发明之前的照相机，但我认为不如说是绘画的原型。十九世纪初，称为"达盖尔银版"的银版照相法发明的时候，据说全巴黎的市民都欣喜若狂，像过节一样热闹。我想，这不只是对文明利器的欢呼，更是为实现了将时间空间化这个自古以来的梦想而欢欣鼓舞。但是，那个时期，美术作为一个门类已经基本完成，不需要高技术的素描、运笔，而且可以大量复制的照片受到歧视在所难免。在当时的印象派画家看来，照片的意义不会在素材之上。照片真正获得市民权，除了曼·雷这样的例外，还是美国南北战争时期为扩大需要的宣传报道照片吧。当时，真正推动时间的空间化这个造型冲动的也许应该说是照相机。空间化的冲动，追根溯源，应该是对时间的一种畏惧的心情。时间的不可逆性是造成人心不安的根源。所有的人都希望给时间套上缰绳，控制在自己手里。

于是人们创作故事，例如那种"很早很早以前在一个地方"起头、"万事大吉，万事大吉"结尾的起承转合结构。"很早很早以前在一个地方"，故事的发端不受限制，任意放在哪一点都可以。如果用这个起承转合的标尺衡量的话，"现在"这个瞬间应该位于某一个位置上，通过把自己投影到故事里，减缓对时间的恐惧。这是通过因果关系预测未来的效果吧。这就播下了文学（小说）的种子，但同时对人的视线产生很大的影响。动物那样时刻提心吊胆的生活状态，如果目不转睛地注视一点，那就是对外界丧失警惕。只有人类，已经通过故事看到一部分未来，所以可以坚持聚精会神的凝视。就是说，掌握精密对象成为可能。以未来完成体形式预先获得狩猎的成功是史前时代的洞穴壁画吧。从其中产生出绘画文字、符号，然后直至肖像画、风景画，基本上就是这样的路子。

——如此说来，在复制化这个坐标系上，如果从时间的空间化这个视角观察，与音乐并列的文学不是接近美术吗？

安部：对。如果以模拟性为标准，音乐和美术是近亲关系，如同猜拳游戏中的石头、剪子、布的关系。把文学、美术、音乐放在一条水平线上评论孰优孰劣没有意义。

——不过，美术里不是存在着仅仅用时间的空间化未必能完全解释的东西吗？例如前卫美术里也有抽象画、非定形绘画等形式……

安部：所以是死胡同。抽象画也好，非定形绘画也好……我非常理解，如果美术这个门类追求其作为门类的纯洁化，只能以空间本身为目标。的确，只要拘泥于作为时间投影的空间，就无望排除文学性。何况既然产生照片等这种低级庸俗的速成的写实技术，纯美术就拒绝一切意义，从"读的画"的立场极力抗拒"只能看的画"。于是，毕加索也已经变得古老。

音乐领域也有类似的现象。但是，音乐本来就具有模拟的长处，或者不如说如果不是有意识地引入就无法吸取文学性。一部分浪漫派音乐，就像硬是把碳酸灌进去的气泡饮料一样，我不习惯。曾经一个时期有人主张社会主义现实主义是标题音乐，也有人说歌德从音乐里感觉到灵魂的毒素，这不都是对音乐的反语言性（超意义的东西）预感到危险吗？当然，也有的曲子附有歌词，从歌剧到歌曲，而且数量蔚为可观。但是，不论什么歌曲，词曲都很容易分开，也可以各自独立表现自我。"只是听的音乐"，即绝对音乐的主张，与美术一样，并不具有特别的前卫性。具体音乐反而成为前卫性的试行。

——可以视为对具体音乐的意思的恢复吗？

安部：相反，是对意思的破坏。这与标题音乐力图和意思和解形成鲜明的对照姿态。但是，与非定形绘画的试图破坏意思又有着相当的不同。具体音乐要破坏的是纯音信仰，也就是纯音幻想。如果说歌曲是音乐和语言的混合，那么具体音乐就是音乐和噪声的化合。混合与化合不一样。化合是分子层面发生变化，无法简单地分离。甚至与意思相结合的具体音，如果赋予音乐结构，足以证明和纯音一样能够充分地与意思拮抗。就是说，具体音的对抗音乐的姿态相当强硬，如同非定形绘画的美术一样，几乎看不到任何自我否定的因素。大概由于这个缘故，说具体音乐是一个流派，这极其缺少方法的自知，简直就是一副百孔千疮的架势，所以掉不进死胡同里。

——您是说不可能有绝对空间，但绝对时间是可能的吗？

安部：我不想玩弄这种抽象论。时间也好，空间也好，不引用相对论，就无法给出严密的定义。就是时间的空间化，如果不考虑光速，也没有意义。物理学上不存在绝对时间和绝对空间，希望你理解我这里所说的时间和空间只是比喻。如果是比喻层面的话，的确可以说音乐是时间的时间性表现。就是我刚才所说的，只以现在进行时存在的表现。如果说造型产生于对时间恐惧的冲动，那么音乐就是与时间的融合、试图直接从里面模仿时间的冲动。浅显易懂地说，就是感觉把握步行、劳动等运动的节奏。人原本是社会性动物，所以必须共享每个瞬间的节奏。这个生理性的共享感觉不正是音乐的原点吗？有二拍，有三拍……再进一步使用旋律润色，给各个瞬间赋予固有性，使之容易反复。

——这个反复的可能性成为音乐相当重要的属性。

安部：对。因为无法实现物质的私有，每次都必须以现在进行时的形式反复体验，所以使再体验变得容易的复制也具有很大的意义。也可以这样思考：与其说复制使再体验变得容易，不如说再体验的要求促进了复制的发展。

——美术的原版信仰是不可避免的吗？今后依然持续不变吗？

安部：我不认为绝对不可避免。原版信仰的罪魁祸首其实不在于美术本身，感觉是所谓的收藏家，或者美术爱好者。甚至连主张破坏传统价值的前卫美术家的作品，一旦被收藏家拿到手，立即被编入财产目录序列。滑稽的是所谓非定形绘画、行为绘画的流行。的确，从拒绝数码化这一点来说，不能不说追求纯粹空间，但并不是新的尝试。就连脱离文字的前卫书法也有高低之分，关于这些符号或者墨迹能够具有一些信息的理由，已经通过生理学的实验予以说明。看到某个墨迹，只要是提笔练过字的人似乎都会无意识地出现肌肉反射性的反应。这是想象自己写同样的字时的肌肉条件反射。当感觉到微量电流从肌肉穿过，意识到自己不如对方时，心里会生出由衷的赞叹之情。书法家写一个"一"字，经常听见有人说那是表现全宇宙，夸得天花乱坠。其实呢，依我看，就是粘在纸上的墨的粒子。而接收这信息的是肌肉感觉的感受器，就是和看体育比赛时觉得有意思差不多的现象。从某种意义上说，也许可以说是最敏感地反映收藏家无操守行为的纯粹志向。看似成功地剥夺了意思，但最终甚至丧失了恐惧时间这个根源性的冲动，变得严重装饰化。可能因为容易大量生产的缘故吧，很快也不为收藏家所青睐，现在可悲地沦为窗帘布那样的复制商品。

　　大概是余震吧，后来美术走向极端的具象化，什么波普艺术、超写实主义。波普是将超现实主义的原物体艺术概念彻底化，超写实主义令人感觉是照相权利的恢复。

　　——是想重新找回美术的原点吗？

　　安部：我也这么感觉。尤其是超写实主义那帮家伙，有一些奇妙的、富有刺激性的作品。看似与彩色照片一模一样，却总觉得略有不同，大概是光线的不同吧。那不是太阳那样的点光源，而是感觉整个天空都变成闪光灯，而且是完全的全焦距，比照片更接近人的视觉。

——是技巧造成的刺激吗？

安部：也会有吧。是看到工艺极限的惊讶。如果仅是如此，让路给照片也无所谓，而且也不是不可能返回墨迹的信息。一般地说，评价设计图案，要经过对各种各样图案的审查，最终到达感觉的总括。这是触摸那个工具、用目光描摹线和面、一边与自己的水平比较一边重构的过程。空间的平衡、线条的流动、微妙的鼓胀、些微的凹陷、感觉自己无法重构时特有的快感。

——这个时候，与所有的愿望都结合在一起。

安部：复制量产并不会引发什么弊害，只是在原价上加一些设计费。问题是无法复制的工艺品。光是图案就和因恐惧时间而匆忙描画的造型同等对待，这对收藏家来说，也许并没有什么不合适。只要变现率一样，就没有必要区别开来。这就是美术的现状。

——图案与美术的界线变得模糊就这么不好吗？

安部：我没有觉得有什么不好。我原本是指别的东西被收藏家搞得乱七八糟。

——收藏家的问题先搁置一边，请您举一些完全不是图案式的绘画或者雕刻作为参考。

安部：就我现在想起来的有恩斯特、夏加尔、蒙

209

克、卢梭……

——具有比较强的文学性的作品系列。

安部：语言的确丰富，会导出无穷无尽的话题，但不能因此就跳跃式地做出"具有文学性"的结论。我刚才说过，故事是按照起承转合的结构记述或者讲述空间的变化，这个变化的过程要依照语言规律来表现。只有语言的暗示，不能成为文学。如果是以形象描摹空间变化的戏剧、电影（也可以包括舞蹈、连环画），也许有必要考虑与文学竞争，但静止空间状态的美术用不着那么在意文学。既然具有恐惧时间这个共同点，语言就会自然而然地渗透出来，从"看"最终转而为"读"。即使像勃鲁盖尔那样比喻大杂烩的作品，也还是绘画，不是文学。无限激发文学性构思，却保持着文学绝对不可置换的独立性。还有西格尔的作品，那是完全不同的倾向，也令人关注。反图案设计，极其强烈地刺激语言，而且有的地方以现有语言无法表达。说不定他的作品可以复制，因为其作品原本就像是日常生活的复制品。

——如果是西格尔的作品，拿去无人岛吗？

安部：怎么会？还是不行。

——为什么？

安部：你再推一把，我想似乎有必要好好考虑。

我觉得西格尔的作品很有意思，也认为是取之不尽的信息源，而且甚至感觉通过复制都有拒绝收藏家的可能性。可是，无人岛不需要他的作品的想法依然没有改变。为什么呢？与音乐不同，大概因为美术缺少令人陶醉的因素吧。美术向读者扑来的是瞬间的紧张和醒悟。

——这样的话，以酒代画不是也可以吗？

安部：不。只要不是酒精中毒者，酒也不是不可或缺的必需品吧。音乐令人陶醉，但酒让人麻木。陶醉于音乐是通过与时间的和解进入昂奋状态，解除根源性的不安。美术原本就缺少和解的感觉。

——我似乎能理解您不把西格尔的作品带去无人岛的理由。不过，不是无人岛，我想您会挂在自己的房间里吧？

安部：不可能。我哪买得起西格尔的画啊。

——要是有偷出来的机会……

安部：你越说越没劲儿。偷来的东西能给别人看吗？

——那为什么偷窃美术品的事件接连不断呢？

安部：他们偷的不是美术品，只是单纯地偷盗财富。

——您就这么断言吗？也有的出于恋物癖的动

机吧。

安部：不能把恋物癖的对象叫作美术。任何美术品，一旦成为恋物癖的对象，就立即变得不是美术品。因为这是无法与他人通用、自己才有的魔力。

——您认为最终可以把西格尔的作品放在哪里？

安部：我现在只能回答是公共美术馆。不过，最理想的是和其他门类的作品一样，要是能躺着看，那是再好不过的了。这不仅仅是可能性，实际上在复制品优先于原作的时代到来之前，美术品找不到真正的归宿，只好不断地变换临时居所。

——您所说的临时居所，是美术馆吗？

安部：演奏会场也是临时居所之一，我说的临时居所是这个意思。

——您认为应该认识电脑图像？

安部：嗯，我有兴趣。的确这是复制文化。不过，我没有亲自操作过，不太清楚。是否有望超越设计图案成为美术呢？我还担心弄不好可能会成为高级的拼图游戏，也有可能成为崭新的创造性表现。这个作为以后的课题吧。

——这样的话，就有可能进入无人岛吧，和照相机一样……

安部：最后我想稍微改变一下视角。不谈无人岛，回到开头的《樱花号方舟》的话题。所谓的核避难所，就像是被判处死缓的囚徒的监狱吧。不使用比喻，而是直接向自知只有几周活命的癌症末期患者询问你需要什么，这才是通往真相的捷径。因为这种做法过于残忍，所以不能采取问卷调查的方式，只能凭借想象，但我认为，即使通过音乐可以得到慰藉，美术反而会埋下痛苦的种子。

——为什么呢？

安部：摆在自己面前的是自己即将丧失的东西。一去不复返的东西就这样清清楚楚地在自己的面前炫耀着。当然这不是我的真实处境，完全只是想象，但我觉得，对于临死的人，美术只能总是以过去式和他攀谈。不仅美术，即使只是一枝玫瑰插花，我都怀疑这能否给自己带来慰藉。也许玫瑰花比自己先凋谢，但不是看到了自己死后的残存者的象征吗？何况蒙克的绘画，的确会打动人心，但应该难以忍受。

——音乐不会给人以痛苦吗？

安部：也许会痛苦。但一旦下决心开始听，即使是终归同样消失的时间，也有可能充满着和解与充实。

——美术终究不过是过去的产物吗？

安部：我没这么说。我是说它只能以过去式讲述时间。作为理解未来的地图没有什么用处。

——我也有这样的感觉。越是好的绘画，越会把自己周围的时间停顿下来。

安部：归根到底，美术只能以财产形式活到明天。因为一周内即将死去的癌症患者大概对钻石也是拒绝的吧。

——为什么人们愿意把财宝入棺一起埋葬呢？

安部：如果相信来世的话，怎么保证前往来世的旅费呢？战前（现在的情况不清楚）中国的葬礼，有沿途扔撒货币形状的纸钱的习惯。遗憾的是，美术作品至今还残留着这种冥币的要素。从收藏家手里转到国立美术馆收藏起来，说到底还是国家永久的冥币。最近我也提不起兴趣去美术馆，目录说明书再精致也没用。躺着可以充分欣赏具有独创性的复制美术作品的诞生终归是不可能实现的幻梦吗？我并没有因为与核避难所不相称就全盘否定美术本身啊。因为我原本就拒绝核避难所的存在。美术究竟要去往何处？